Inhalt

Land der wilden Worte

Lass uns Worte suchen gehen, sagte Mike.

An diesem faden Wochenende war er für mich die Rettung. Ich wär' doch sonst bald eingegangen. Wir zogen uns an und warfen die Ausrüstung hinten auf seinen Pick-up. Mike hatte oben in den Bergen 'ne Hütte, die er ab und zu für ein Techtelmechtel nutzte, oder eben für so Tage wie heute, wenn in dir die Wolken so tief hingen, dass du dich bücken musstest, um noch etwas erkennen zu können. Den Wagen ließen wir am Fluss stehen, aber es war von da nicht weit zu der Stelle, die wir uns ausgesucht hatten.

Die Wiesen waren sumpfig von Buchstabenresten, und wir legten gleich los, nach passenden Worten zu suchen, was aber nicht leicht war. Überall nur die üblichen Füllwörter und ganz allgemeine Substantive, mit denen kein Mensch etwas anfangen konnte, weil er längst zu viel davon hatte. Bald klebten uns ganze Klumpen Kommas und Bindestriche an den Stiefeln und machten sie schwer. Das brachte uns tüchtig ins Schwitzen.

Wir quatschten, was wir am liebsten fangen würden, und Mike meinte, eine richtig fette Zote würde ihn heute aufbauen. Irgendwas Feuchtes, Behaartes, am besten mit 'nem *M* vorne dran, weißt schon. Wir lachten, aber Zoten waren eigentlich nichts Besonderes, die lagen überall haufenweise rum, da musste man nicht extra wohin fahren, nur waren sie meistens schwach und rochen streng. Jedenfalls für meine Nase, obwohl die ziemlich robust war. Besser kamen schon Modewörter, die waren zwar langweilig, aber die schwierig auszusprechenden konnte man wenigstens unten in der Stadt gut an irgendwelche Schwachköpfe in teuren Businessanzügen verkaufen. Jedes Wochenende kamen sie mit ihren schicken Geländewagen in Scharen herauf und zahlten Hammerpreise für ein angerostetes *Très magnifique* oder ähnlichen Scheiß.

Mike und ich hatten mal im Wald eine ganze Ladung keltischer Floskeln gefunden und an so 'ne alternative Bewegung verscheuert, die das gerade gut gebrauchen konnte. War richtig Gewinn drin gewesen. Konnten wir uns wie Könige auf die Ladefläche fläzen und über den Fluss blinzeln, jeder 'nen Sixpack zwischen den Beinen. Da war das Leben mal unser Freund, selbst der Teil, der sonst immer in Klammern gesetzt wurde oder als Fußnote im Register verschwand. Inzwischen stehen viele Floskeln und Redewendungen ja unter Schutz, aber wenn dich keiner sieht, nimmst du die natürlich trotzdem mit, pfeif drauf. Schließlich sind wir Männer und brauchen mehr als ab und zu mal einen wachsweichen Konjunktiv. Ich kannte einen, der hatte so viele *Könnte* und *Hättste-mal* in seinem Haus angesammelt, dass er selbst in der Garage pennen musste, den Kopf auf einen Stapel leerer Versprechungen gebettet, die ihm seine Ex hinterlassen hatte. Der konnte einem richtig leidtun.

Plötzlich sprang Mike ein Fremdwort an. Wir hatten es nicht gesehen, es musste sich im Unterholz zwischen Füllwörtern und vertrockneten Interpunktionen geduckt und in aller Ruhe auf uns gewartet haben. So wie es aussah, könnte es lateinischen oder gar griechischen Ursprungs gewesen sein, jedenfalls wirkte es schwierig, unaussprechlich, und kompliziert geschrieben war es auch, das machte es doppelt gefährlich. Mike versuchte, sich das Gesicht zu schützen, doch er kriegte gleich die volle

Kante von dem serifenbetonten K ans Kinn und sackte weg wie Pudding.

ÖDIPUSKOMPLEX.

Gott, war es hässlich! Ich lud durch und wartete auf einen günstigen Winkel, um zu schießen. Das Wort drohte mir, fletschte das ekelhaft hervorstehende X in meine Richtung und wollte mir Angst machen. Irgendwann drückte ich ab und brannte dem Ding eine volle Ladung extragroßer Radiergummis über den Pelz. Ein halbes O brach weg, auch das M sah danach nicht mehr lateinischen Ursprungs aus. Das Wort heulte auf und verbog sich, als wollte es ein Palindrom werden. Viel mehr passierte aber nicht. Wenigstens ließ es endlich von Mike ab.

Um es einzuschüchtern, schrie ich ihm seine umgangssprachliche Übersetzung ins Ohr, «Muttersöhnchen!», vernuschelte alles obendrein, sodass es nicht mehr viel Sinn ergab, und sah befriedigt, wie es unter Schmerzen zuckte. Es hatte natürlich nicht damit gerechnet, dass wir zwei Penner seine Bedeutung erahnen könnten. Mit dem Gewehrkolben hieb ich dann die Vokale klein, bis nichts mehr übrig war außer einer Art Abkürzung.

Mit dem Rest des Fremdworts über der Motorhaube drehten wir 'ne Ehrenrunde durchs Dorf. Natürlich war das kein schöner Anblick, doch viel Abwechslung gab's in unserer Gegend nicht grade. Ich sah einige den Kopf schütteln und sich aufregen. Bei Fremdwörtern meinten viele, dass die das ganze Jahr geschützt wären. Weil sie keine Ahnung hatten, redeten sie eben irgendwas daher. Aber von August bis September war's frei, da gab's keinerlei Beschränkungen. Man musste die Worte nur finden, das war alles. 'n Näschen für haben.

Als wir genug damit angegeben hatten, warfen wir unser Fremdwort dem alten Hank vors Haus. Hank war früher Lehrer gewesen, jetzt bastelte er hinten in seinem Schuppen an Partizipien und alten Adjektiven rum, bog die Bedeutungen um oder zog mit dem Schweißbrenner noch 'ne Metaebene ein. Darin war er richtig gut, Hanks Worte hatten Gewicht, die warf nicht mal der Herbstwind oder 'ne Rechtschreibreform um.

Der Sixpack am Fluss war später Ehrensache. Mike brummte der Schädel und trotzdem lachte er, Bartstoppeln im Gesicht, ein Kerl wie das Land um uns herum, voller Rechtschreibfehler, aber mit 'nem verdammt großen *HERZEN* voller schiefer Versalien. Das Wasser glitzerte und wir betrachteten die durchsichtigen Minuten, die weiter oben in den Bergen in den Fluss fielen, sich zu Wirbeln an Stunden und Tagen verdichteten, an uns vorbeitrieben und Stück für Stück von uns mitnahmen.

Gott läutet

Es hatte geläutet, aber keiner hatte Bock aufzumachen, wie immer eben. Gundel schlurfte irgendwann raus, hielt es natürlich nicht aus, nicht zu wissen, wer vor der Tür stand, ich hörte, wie sie mit jemandem sprach, verstand aber nichts, zu leise, hatte auch keinen Bock auf Gerede, dazu um diese Zeit, nicht mehr weit vor Mitternacht, außerdem sah ich mir gerade Hong Kong Trash an, katzenartiges Gemaunze, das war irgendwie Kult, und Werbepause wäre auch bald gewesen. Sie kam zurück und sagte, Gott wäre da, ob ich nicht mal kommen wolle, sie wüsste auch nicht, irgendwie sei der komisch. Nicht unnett oder so, aber doch komme sie nicht ohne Weiteres damit klar. Ihre Hände waren in ständiger Bewegung, ich kannte das zur Genüge von ihr und dachte oje.

«Gott?», raunzte ich sie an. «Wieso *Gott?* Heißt der nur so, oder was?»

Aber sie guckte wie ein Geist, zuckte mit den Schultern, pumpte Luft in die Backen.

«Sieh halt selbst nach», sagte sie. «Ist 'n merkwürdiger Typ. Nicht bloß das, was üblicherweise durch die Straßen hastet.»

«Der will sicher nicht zu mir.» Ich winkte ab. «Also, wenn's der ist, den ich meine.»

Sie wollte wissen, wen ich meine, und ich sagte: «Na, Gott halt.»

«Wie jetzt, Gott? Also kennt er dich?»

«Klar kennt er mich. Aber nicht so direkt, anders halt.»

«Er weiß aber, dass du hier wohnst.»

«Steht schließlich an der Tür auf dem Schild.» Ich gab jetzt ganz den Lässigen. «Was will er?»

«Irgendwas mit Erlösung», sagte sie. «Oder Erleuchtung. Hab's nicht kapiert.»

«Schups ihn die Treppe runter.»

«Mach's doch selbst.»

Ich sah sie ziemlich schief an. «Gott?», sagte ich. «GOTT?»

«Ja, hat er gesagt, Gott.»

«Du liebes bisschen, das kann *jeder* sein.»

«Glaub ich nicht, der hatte 'ne Aura oder wie das Zeugs heißt. Er schimmerte ... so von innen raus, wirkte echt nicht schlecht.»

«Was du wieder laberst.»

Ich wuchtete mein Übergewicht hoch, weil mich nun doch schwer die Neugier zwickte. Und Magnesium-Werbung gegen Beinkrämpfe war auch gerade, die interessierte mich eher wenig, genauer gesagt einen gepflegten Kehricht.

«Wie sieht er denn aus?», hakte ich bei ihr nach. «Weißer Rauschebart und Heiligenschein? Oder ist er von der Konkurrenz, mehr dicker Buddha und diese Schiene?»

«Eher durchsichtig», sagte sie. «Außerdem kribbelt es ziemlich im Bauch, wenn er dich ansieht.»

«Er hat dich aber nicht angefasst, oder?»

«Nö, also nicht direkt, mehr so anders, die Berührungskiste eben, weiß auch nicht, auf 'ner tieferen Ebene vielleicht. Oder sagt man besser *höheren*?»

«Ich schlag ihm die Zähne ein, wenn er dich tiefer anfasst.»

Sie verzog ihren kleinen Mund, als würde ihr was nicht schmecken. «Spiel dich nicht so auf, Macho steht dir nicht, dazu bist du viel zu schlaff.»

Frauen haben so ’ne Art drauf, also nee, kann ich ziemlich schlecht ab, da muss ich mich zwingen wegzusehen. Die Haustür stand noch angelehnt.

«Was, ey ... *Gott!*», schrie ich, als ich sie aufriss.

Doch wer auch immer war schon weg.

Lemon Fresh Lover

Bea war ziemlich mein Typ. Wir lernten uns auf einem Konzert der *King-Kartoffelchips-mit-Salzersatz-Swingers* kennen, sie trug einen rattenscharfen Mini mit kleinen Zitronenmotiven und ein rosa Top, auf dem *Ran an den Dreck!* stand. Das war zwar ein wenig seltsam, doch hatte ich nur Augen für ihr wunderhübsches Lächeln. Mit ihm fing sie mich ein wie die Gartenlaterne die Nachtfalter. Wir tanzten, wir begannen zu quatschen, wir nahmen ein paar Drinks, dann war eigentlich alles klar. Zu mir, sagte sie entschlossen und ich war stolz wie Oskar, dass sie meine Grübchen mochte und auch noch den Rest. Ich fuhr bei ihr im Wagen mit, einem kleinen Japaner in Gelb mit rosa Dach. Auf den Sitzen prangten die gleichen Zitronen wie auf ihrem Rock und in fetten Lettern stand auf den Türen geschrieben: *Dreck, gib auf!* Sie erzählte mir, dass sie Studentin sei und an einem speziellen Wohnprojekt teilnahm, um das Geld für die Miete zu sparen. Ich murmelte nur Jaja und freute mich auf unsere beiden Körper eng umschlungen im Rausch der Hormone.

Wir kamen an eine Schranke, sie ließ das Fenster runtersausen und zeigte dem Wachmann in gelber Uniform einen Ausweis. Er warf nur einen kurzen Blick drauf, dann deutete er auf mich.

«PK», sagte sie.

Ich bekam eine Karte und musste sie mir an die Brust heften. Darauf stand *Potenzieller Kunde.*

«Was soll der Scheiß?», wollte ich wissen, als wir weiterfuhren.

«Vergiss es», wiegelte sie ab.

«Wegen der Miete, nehm ich mal an?»

«Na ja ...»

Es war ihr peinlich. Was machte man nicht alles, um irgendwie über die Runden zu kommen. Jeder hatte da seinen eigenen Weg.

Ihr Wohnblock war gelb und wahrscheinlich war das Dach rosa. So genau konnte ich es nicht sehen in der Nacht. Wir stiegen die rosa Treppe mit dem gelben Geländer hoch und sie sperrte die rosa Tür auf. Ich wollte hineingehen, aber sie hielt mich zurück, deutete zur Decke auf eine Kamera, fing zu grinsen an, reckte den Daumen hoch und sagte: «Auch privat erfolgreich mit Produkten von Lemon Fresh.»

Sie knuffte mich. «Jetzt du», flüsterte sie.

Ich verstand nur Bahnhof. «Wie, ich?»

«Sag einfach dasselbe, bitte!»

«Erfolg mit Lemon Dings», murmelte ich unsicher.

«Okay, keine zehn Punkte», seufzte sie und schob mich in die Wohnung. «Was soll's.»

«Punkte?», fragte ich, bekam aber keine Antwort.

Der Flur war gelb mit kleinen Zitronenmustern, das Wohnzimmer rosa, dafür die Polstergruppe wieder gelb. Auf dem gelbrosa gewürfelten Tisch in der Mitte standen rosa Tassen und gelbe Teller. Kann auch sein, dass es umgekehrt war.

«Noch vom Frühstück», meinte sie verlegen.

«Bisschen viel Gelb und Rosa.»

«Das ist schon okay. Gehört eben zur Corporate Identity. Dafür kostet es mich nichts.»

In meiner Bude, dachte ich, stand eigentlich nur Sperrmüll. Der hatte mich auch nichts gekostet und war wenigstens bunt. Aber das sagte ich jetzt nicht.

Sie schenkte zwei Gläser Wodka Lemon mit Eis ein, wir prosteten uns zu und tranken. Dann ließen wir das dämliche Vorgeplänkel sein und schälten uns endlich aus den Klamotten. Dass das Kondom gelb war, dazu Geschmacksrichtung Lemon, fiel mir ehrlich gesagt nicht weiter auf. Wir waren ziemlich wild und verstanden auch ohne viel Worte, was der andere sich wünschte. Daher brachte es mich etwas aus dem Konzept, als sie auf mir sitzend plötzlich rief:

«Sicher dem Gipfel entgegen mit Lemon Fresh.»

Ich fuhr hoch wie ein Klappmesser und sah mich um. «Hier sind doch nicht etwa ...?»

Sie drückte mich zärtlich zurück ins Kissen. «Nur eine, Liebling, und sehr dezent.»

«Wie, dezent?»

Sie deutete nach oben. Genau über uns klebte eine kleine rosa Halbkugel an der Decke.

«Das war aber so nicht abgesprochen», stammelte ich, raffte hektisch die gelbe Decke zusammen und wickelte mich in sie ein.

«Hey, cool down, ich hätte dich für lockerer gehalten», seufzte Bea enttäuscht und zündete sich eine rosa Zigarette an. Für sie schien es das Normalste der Welt zu sein.

«Du lebst in einem Werbespot», sagte ich.

«Na und? Dafür habe ich eine Wohnung, ein Auto und einen prall gefüllten Kühlschrank. Das ist sehr viel wert. Zusammen ganz genau achttausend Punkte. Wenn ich die im Monat schaffe, kostet es mich nichts. Ich kann in die Uni gehen, lernen und machen, was ich will.»

«Wer guckt denn diese Scheiße an?»

«Viele, die Klickraten sind top. Noch nie von der LFW gehört?»

Natürlich hatte ich von der *Lemon Fresh World* gehört. Aber ich wusste nicht, dass es da auch eine Erwachsenenabteilung gab. So tief war ich nie ins Gekröse des Internetauftritts vorgedrungen. Schon die Farben schlossen mich als Zielgruppe weitestgehend aus.

Sie zuckte mit den Schultern. «Ist auch egal. Ein Lemon Fresh Orgasmus bringt satte 250 Punkte, mehr als alles andere. Außerdem pixeln sie gewisse Körperteile weg. Das wurde mir vertraglich zugesichert. Und bei Gästen überdecken sie auch die Gesichter. Außer ...»

Sie berührte mit ihrem süßen Zeigefinger meine Nasenspitze und lächelte mich an wie Madame Futura auf dem Jahrmarkt. «Außer du unterschreibst eine Einverständniserklärung und wirst Teil der Community.»

«Nie im Leben!», protestierte ich.

«Das bringt mir 500 Punkte.» Ihr Augenaufschlag war fast unwiderstehlich.

Ich wand mich und litt Höllenqualen, vor allem, weil sie unter der Decke an mir rumfummelte.

«Sei doch nicht so», flüsterte sie.

Plötzlich hielt sie mir ein Formular vors Gesicht, gelb mit rosa Buchstaben.

«Unterschreib», hauchte sie. «Dann schieß ich deine Libido zum Mond. Ganz bestimmt.»

«Echt?», stammelte ich wie ein Idiot.

Sie wollte mir die Bettdecke wegziehen. «Jetzt stell dich nicht so an. Das bisschen Öffentlichkeit, na wennschon. Lass die Jugend von uns lernen. Lass sie Lemon Fresh erleben ...»

Sie riss den Arm hoch und deutete mit dem Finger an die Decke. In diesem Moment erschien sie mir wie eine Freiheitskämpferin, die mit blanken Brüsten eine unterjochte Nation zum Sieg führt. Ich aber hatte so gar nichts von einem Helden an mir.

«Ich ... ich überleg's mir, ja?»

«Du alter Langweiler!»

Sie donnerte mir das Kissen über den Kopf. Ich rollte mich seitlich ein und versuchte irgendwie aus dem Bett zu kriechen. Ihr Körper fiel auf meinen Rücken und ihre Stimme redete feucht in mein Ohr.

«Darf ich dich wenigstens für einen Monat meinen Lemon Fresh Lover nennen? Das ist das Starter-Paket, völlig kostenfrei.»

«Ich heiße Simon», presste ich mühsam hervor.

«Na und? Dafür gibt's keine 25 Punkte.»

Sie ließ von mir ab, ihre Hand klatschte auf meinen Po, es feuerte heftig, sie lachte mich aus, ich plumpste auf den Boden, raffte meine Klamotten an mich und sprang in den Flur. Sie verfolgte mich splitterfasernackt.

«Kommst du morgen wieder? Bitte!»

«Bringt wie viel?» Ganz doof war ich nicht.

«Paar Bonuspunkte, zehn Prozent auf alles.» Sie winkte ab. «Soll uns motivieren.»

«Mal sehen.»

«Verdammter Idiot.»

Sie donnerte die Wohnungstür hinter mir zu und ich stand barfuß im Treppenhaus. Statt zur Pforte rauszugehen, warf ich den Ausweis weg und kletterte irgendwo über die Mauer.

Im Dunkel hörte ich das elektrische Summen der Kameras, die sich neugierig auf mich richteten.

«Nieder mit *Lemon Fresh!*», rief ich und rannte über die nebelverhangenen Wiesen davon.

Ach, Gott, ich war so naiv damals. Aber man entwickelt sich schließlich weiter. Kathrin gefiel mir sehr. Ihr Lächeln war bezaubernd wie selten eines. Wir tanzten, wir quasselten, wir stießen mit Erdbeerlikör an. Sie hatte eine gute Figur und törnte mich schwer an, auch wenn ich den feuerroten Lackoverall mit dem Erdbeermotiv auf dem Rücken etwas ordinär fand. Sie war ein *Wild Wild Cherry Girl* und hatte ihr Konto für diesen Monat noch lange nicht voll. Mittlerweile gab es einen ziemlichen Konkurrenzkampf am Markt um die *Neutrinos*, also Typen wie mich ohne Produktbindung. Das war ihr Problem und mein Vorteil. Bei Kathrin gab es keine Punkte, sondern farbige Quadrate in einem Balkensystem. Ich musste sie über die Türschwelle tragen und *Ich bin so cherry wild nach dir* rufen.

Auch unter ihrem Overall roch sie nach Erdbeeren, sie benutzte natürlich die komplette Body-Serie von WWC. Wir liebten uns wie die Weltmeister und schafften eine volle Reihe roter Quadrate. Sie küsste mich zum Abschied und weil's so schön war, unterschrieb ich ein Vierteljahres-Schnupper-Abo mit falschem Namen.

Ich lass mich inzwischen gerne mit Mädchen ein, die irgendwelche Punkte oder Quadrate schaffen müssen. Bei ihnen muss man viel weniger quatschen als bei den anderen. Und sie können einen jungen Mann mit Spaß am Leben auch weitaus besser verstehen als die anderen früher, die immer nur nölten, dass sie sich erst mal langsam über ihre Gefühle sicher werden müssten. Bis dann irgendein Anlageberater im Porsche auftauchte und sie endlich vollen Anschluss an ihre Seele bekamen.

Seelenpower

«Vergib mir, oh Herr, denn ich habe gekündigt.»

Der kleine, korpulente Mann kauerte schwitzend auf dem Boden.

«Gesündigt», verbesserte ihn der daneben stehende Verkäufer. Er sprach milde und mit leiser Stimme.

«Klar, Mann, gesündigt ...»

Der dicke Kunde lachte dröhnend und viel zu laut für die weihevolle Atmosphäre dieser Abteilung. Er erhob sich mühsam und klopfte mit der Handfläche ein paar Mal über die Hosenbeine.

«Nun», sagte der Verkäufer. «Habe ich zu viel versprochen oder ist das nicht wirklich eine außergewöhnliche Kultstätte?»

«Schon.» Der Kunde wirkte unentschlossen. «Sie ist recht schön. Macht was her.»

Der Verkäufer begann zu strahlen. «Ja, und man kann sich ganz seinen Gefühlen hingeben, sich so richtig hineinleben. Eben eine original *Lord-Workout-Station* von *Pray-Systems*. Die verstehen einfach was davon.»

«Ja, die Amis ...»

Der Kunde befingerte den roten Samt und die goldenen Prunkknöpfe. Die Kultstätte hatte etwa die Abmessungen eines soliden Bauernschranks, war reich verziert und in dunklem Mahagoni gehalten. In ihrer zentralen Mitte strahlte ein leuchtend buntes Bild mit schönem Haus darauf und großem Garten, über dem sich rot-golden glühende Hände schützend wölbten.

Der Verkäufer deutete darauf und sagte: «Gegen geringen Aufpreis können wir hier gerne ein Bild von Ihnen und Ihrer Familie einsetzen. Auch der Hund oder das Meerschweinchen von den Kindern lässt sich berücksichtigen. Wie Sie wollen. Wird allgemein gerne gemacht und wirkt besonders individuell.»

«Na, ich weiß nicht», zögerte der Kunde. «Das Ding ist sehr groß und klobig. Kleiner und mit Rollen dran zum Herumschieben wäre praktischer. Dann könnten es die Kinder auch mal auf ihr Zimmer mitnehmen. Und Mutti und Papi haben ihre Ruhe. Was? Dann ist Sendepause bei den Blagen.» Er lachte laut.

Der Verkäufer achtete darauf, distinguiert zu wirken. Jede seiner wenigen Bewegungen war wohlüberlegt. Er hob die Hand, spreizte die Finger. «Sie haben ganz recht, wenn Sie den Erwerb einer Kultstätte auch unter praktischen Erwägungen betrachten. Schließlich muss sie sich ja an ihre Wohnsituation anpassen.»

Der Verkäufer drehte sich elegant zur Seite und deutete ein paar Meter weiter auf einen truhenähnlichen Kasten. «Hier, gerade eingetroffen. Ein neues Modell der Firma *Glaube & Hoffnung GmbH* aus Immenstadt.»

«Immenstadt?» Der Kunde wirkte nicht begeistert.

«Ja, eine deutsche Firma. Aber wir haben aufgeholt. Der Vorsprung der ausländischen, vor allem der amerikanischen Anbieter, ist nicht mehr so groß. Dieses Modell hier war sogar eine große Messesensation auf der *InterBet* im Frühjahr. Knopfdruck genügt und Sie haben innerhalb von dreißig Sekunden eine komplette Hinwendung nach Euronorm gebetet. Schneller hat das noch keiner geschafft. Auch die Amis nicht.»

«Na ja», meinte der Kunde. «In Immenstadt kenn ich jemanden und der ...»

Er ließ den Satz unvollendet.

Der Verkäufer zog eine Fernsteuerung heraus und drückte Knöpfe. Abrupt setzte schwere, tragende Musik ein, links und rechts klappten Kerzen heraus, die vollautomatisch angezündet wurden, oben sprang der Deckel auf und die Marmorfigur einer sich zum Himmel streckenden nackten Frau mit wallendem Haar und prachtvoller Brust wanderte heraus.

Der Kunde deutete mit dem Finger auf die Figur. «Die hat was.»

Der Verkäufer goutierte es mit stillem Lächeln, drückte auf weitere Knöpfe.

Die Musik erstarb und eine aus dem Radio wohlbekannte Stimme redete atemlos und ohne Punkt und Komma.

«Ich-habe-gesündigt-muß-büßen-vergib-mir-eilig-denn-ich-habe-wenig-Zeit-die-Geschäfte-warten-auf-den-Segen-ohne-den-es-nicht-geht-also-mach-hin-amen.» Sofort startete die Musik wieder.

«Na?», meinte der Verkäufer und hob dabei eine Augenbraue.

Der Kunde war nicht beeindruckt. «Was hat das Ding gesagt?»

«Sie wollen die ausführlichere Version hören? Kein Problem. Bitte sehr.»

Der Verkäufer drückte auf die Fernsteuerung. Sanft wurde die Musik ausgeblendet. Ein Gong verhallte schwingend. Ein dunkler Bariton redete pathetisch und viel langsamer:

«Herr, ich habe eine schwere Woche hinter mir und es ist vieles passiert, worum ich um Deine Vergebung bitten muss.»

Der Verkäufer unterbrach kurz mit der Pausentaste.

«Es gibt 99 verschiedene Anlässe», sagte er, «die bereits fest einprogrammiert sind. Da kommt nie Langeweile auf.»

«Das möchte ich hoffen», sagte der Kunde.

«Und Sie können sich natürlich auch die Anrede aus 33 Möglichkeiten frei wählen. *Herr* gefällt ja nicht jedem ...»

Der Kunde nickte. «Meine Frau sagt immer Geistwesen. Gott ist für sie ein abgeschmacktes Unwort, nicht mehr zeitgemäß, meint sie. Ich weiß nicht so recht, ich hab mich daran gewöhnt.»

Der Verkäufer verriet ein klein wenig Unsicherheit. «Geistwesen ist – glaube ich – auch dabei. Aber um sicher zu gehen, müsste ich erst im Katalog nachsehen. Es ließe sich aber auch einprogrammieren.»

«Nicht so wichtig.» Der Kunde lachte. «Bei meiner Frau ändert sich das sowieso jede Woche. Buddha, Guru, Schamane, was weiß ich ...»

Der Verkäufer nickte nur sehr zurückhaltend. Bei solchen Späßen empfahl es sich nicht, besonders lautstark zuzustimmen. Er hatte schon schlechte Erfahrungen machen müssen. *Teure* schlechte Erfahrungen. Er bekam ja nur ein bescheidenes Grundgehalt und lebte vor allem von der Provision.

«Welche Version wollen Sie hören? Ehestreit – Ärger mit dem Chef – Romanze mit der Sekretärin – Verkehrsdelikt ...?»

Der Kunde blähte ratsuchend die Backen. «Bloß keinen Ehestreit.»

«Verkehrsdelikt?»

«Ja, das ist gut. Das hat man öfter.»

Der Verkäufer wählte Textspeicher 54. Die dunkle Stimme fuhr fort:

«Ich bin mal wieder zu schnell gefahren, auch in Tempo-30-Zonen. Und ich war rücksichtslos gegenüber einem Radfahrer, ich habe ihm die Vorfahrt genommen. Auch habe ich Beulen in parkenden Wagen hinterlassen und mich heimlich verdrückt. Und überholt habe ich an unübersichtlichen Stellen ...»

Der Verkäufer unterbrach erneut mit der Pausentaste.

«Das geht jetzt so weiter, bis die gesamte Straßenverkehrsordnung durchgekaut ist. Das muss man natürlich nicht alles abspielen. Es lässt sich vorher ganz einfach mit dem *Content-Manager* auswählen. Geht auch vom Computer aus.»

Der Verkäufer beugte sich leicht zu seinem Kunden und machte ein verschwörerisches Gesicht. «Wer hat außerdem schon die gesamte Straßenverkehrsordnung verletzt, frage ich Sie. Wohl niemand, das schafft man ja gar nicht.»

«Nein, nein, das schafft keiner», stimmte der Kunde zu. Allerdings nur matt.

«Das Gerät kann auch von unterwegs per Handy angesteuert werden, und bis man selbst nach Hause kommt, hat es schon für die eine oder andere Sünde wieder Abbitte geleistet. Sie kommen nach Hause und fühlen sich freier.»

«Unbedingt!», stimmte der Kunde zu. «Man gewöhnt sich total daran.»

Der Verkäufer machte wieder ein verschwörerisches Gesicht. «Diesen ungeheuren Markt haben sich die Kirchen entgehen lassen.»

Beim Kunden schien er damit einen Reizpunkt getroffen zu haben. «Ach, hören Sie mir bloß mit den Kirchen auf. Ich latsch' doch nicht jede Woche in diese eiskalten, unbequemen und düsteren Hallen und lass mir die Ohren vollquatschen von wegen, was ich zu tun und zu lassen habe. Kirche! Ich habe mich schon immer gefragt, was das mit meinem Glauben zu tun haben soll.»

Der Verkäufer drückte auf *Out*, der Kasten klappte elektrisch surrend alle ausgefahrenen Teile zusammen und stand wieder so unscheinbar wie vorher.

«Welches Ablassvolumen hat diese Kiste eigentlich?», fragte der Kunde.

«Genug für eine durchschnittliche moderne Familie. Wirklich voll ausreichend, glauben Sie mir, da kann es auch einmal dick kommen.»

«Ich habe gehört, dass bald eine ganz neue Modellgeneration herauskommen soll und locker das Doppelte schafft.»

«Ja, ja, in der Branche tut sich viel. Aber lassen Sie sich nicht täuschen, das soll natürlich auch den Markt bei Laune halten.» Der Verkäufer straffte seinen Körper. «All die Ablasspower nützt schon längst niemandem mehr. Was wollen Sie mit einem Gerät, das für eine ganze Fußballmannschaft im Puff reichen würde?»

Der Verkäufer war erstaunt, einen solch primitiven Witz so leicht über die Lippen gebracht zu haben. Der Kunde machte große Augen. Dann prustete er los und bekam rote Backen dabei.

Das sind die Witze, die dir gefallen, dachte der Verkäufer. Die Zoten, die zweideutigen Eindeutigkeiten, die Schweinigeleien. Das war eben das Alter, wo man langsam merkte, was man schon alles verpasst hatte und was auch nicht mehr wiederkommen würde.

Der Kunde zeigte nun auf ein Regal an der Seite. In ihm standen kofferradiogroße Geräte für die verschiedensten Gelegenheiten. Für Freizeit, Camping und Hobby. Exklusive und sportlich gestylte. Teure und importierte Billigmodelle, die nicht viel taugten und auch nicht der Euronorm genügten. Aber es gab immer wieder Kundschaft, die genau danach verlangte. Einsteiger, Anfänger, Dummköpfe. Die ganze Palette der Amateurbeter eben.

«Was ist damit?», fragte der Kunde.

«Ach Gott, die Grundmodelle», seufzte der Verkäufer.

Hinter gläsernen Stellwänden standen die teuren Luxusmodelle von der übrigen Abteilung getrennt. Der Verkäufer hatte es geschafft, einen hageren Herrn, der unentschlossen schien, hierher zu führen.

«Vielleicht entdecken Sie etwas lange Gesuchtes. Etwas Besonderes.» Der Verkäufer wusste, dass so mancher Kunde, der etwas Billiges suchte, mit etwas wesentlich Teurerem wieder heimging, wenn man jenen verborgenen Teil in ihm wecken konnte, der die irrationalen Träume weckte.

Der Mann wehrte sich nicht. «Warum nicht?»

Gleich am Eingang zog ein bizarr aussehender metallic-roter Kasten mit aggressiven seitlichen Entlüftungsschlitzen die Blicke auf sich.

«Italienisches Modell», erklärte der Verkäufer. «Erfüllt schon die verschärften internationalen Bestimmungen, die für nächstes Jahr erwartet werden.»

«Euro 6?»

«Und Euro 7!»

Der hagere Mann hatte eine vorspringende Nase, die an einen Vogel erinnerte. Er pfiff beeindruckt durch die Zähne und wollte wohl locker wirken. Doch der Verkäufer spürte die Unsicherheit. Er witterte sie wie ein Raubtier den Angstschweiß eines gejagten Tieres. Gut, dachte er.

«Sieht imponierend aus», sagte der Kunde. «Würde sich natürlich gut im Wohnzimmer machen.»

Der Verkäufer betätigte einen versteckt angebrachten Schalter, binnen Sekunden umhüllte weißer Dampf das Gerät, klangen fern hallende Glockentöne, leuchteten farbige Laserlinien kreuz und quer.

«Wenn dieses Modell erst richtig loslegt», sagte der Verkäufer, «dann kriegen Sie jede Sünde erlassen. Wirklich jede! Der Kasten bringt noch einen Stein zum Erweichen. Sagenhaft perfekt.»

«Und kostet?»

Zu früh für den Preis, dachte der Verkäufer. «Schon etwas teurer, mein Herr.»

«Das ist klar.» Der Kunde rieb sich die Nase. Menschen mit großen Nasen fassen sich öfter ins Gesicht als solche mit kleinen, unauffälligen, dachte der Verkäufer.

«Wie viel?»

Der Verkäufer knickte ein wenig ein, seine Stimme wurde leise und demütig. «Knappe acht.»

«Achttausend? Das geht ja noch.» Der Kunde atmete auf.

«Achtzigtausend.»

«Acht-*zig*-tausend? Wahnsinn, das kann sich doch kein Mensch leisten.»

Du wohl nicht, dachte der Verkäufer. Eines von diesen italienischen Modellen brachte ihm mehr Provision als zehn von irgendwelchen anderen. Sein Chef würde ihn loben und er dürfte beim alljährlichen Kreuzfahrtmeeting der Topverkäufer dabei sein. Aber es war schwer, in diesen Preisregionen zu verkaufen, verdammt schwer. Ganz oben wurde der Markt eng. Und die

Wohlhabenden, also die, die es sich leisten konnten, verirrten sich nur selten zu ihm in dieses Kaufhaus.

«Na, dann.» Der Mann wollte gehen.

Der Verkäufer schaltete ab und folgte ihm. «Dort hinten steht ein ganz besonderes Modell. Mit doppeltem Ablassverstärker und raffinierter Stimmenmodulation.»

«Ne danke, ich bin eh schon spät dran, ein anderes Mal gern.»

«Nehmen Sie doch Prospekte mit. Dann kann auch Ihre Frau Gemahlin einen Blick drauf werfen.»

An einer nah stehenden Theke klaubte der Verkäufer bunt bedruckte Prospekte zusammen, doch als er wieder aufsah, war der Kunde verschwunden.

«Das wäre jetzt schon unsere fünfte Betmaschine», sagte jemand in der Nähe.

Betmaschine! Da hatte einer allen Ernstes *Betmaschine* gesagt. Eine völlig veraltete Bezeichnung. Das sagten sonst nur die ganz alten Tatter, die den Fernseher noch auf*machten*, statt ihn einzuschalten, und den Kaffee *brühten*. Steinzeit-Krauter, A- und D-Kunden, also alt und doof. Der Verkäufer pirschte sich an. Der Mann wirkte gemütlich.

«Ich bereue ja! Ich bereue zutiefst! Ich wollte sie nicht umbringen!» dröhnte es plötzlich los. «Aber es ist halt passiert und ich kann jetzt auch nichts mehr dran ändern. Mein Gott, was soll ich tun? Auf Seelenwanderung hoffen?»

Der Verkäufer lief eilig hin. Der Mann hatte wohl mit den Knöpfen gespielt, obwohl das überall auf großen Schildern ausdrücklich verboten war.

«Bitte die Geräte nicht eigenmächtig bedienen», rief er. «Unser Personal zeigt Ihnen gerne und ausführlich die einzelnen Funktionen.»

Das Ehepaar sah ihn erschrocken an. Sie hatten wohl schon längere Zeit versucht, das Gerät in Betrieb zu nehmen, und waren damit nicht zurechtgekommen. Besonders sie guckte wie ein verängstigter Frosch hinter ihren dicken Brillengläsern hervor. Er war eher ein Streber, gerade, vertrocknet und sicher herrlich pseudoinformiert. Der Verkäufer schätzte solche Kunden sehr.

«Haben Sie eine bestimmte Marke im Auge?», fragte der Verkäufer.

«Ja», antwortete der Mann. «Wir wollen einen *Special Forgiver Z7*. Den hat uns der Schwiegersohn empfohlen, der guckt Internet. Was kostet der bei Ihnen?»

«Vom *Special Forgiver* gibt es mittlerweile zwei Versionen. Den Z7-A und den Z7-*New Edition*. An welchen dachten Sie?»

«An welchen? ... Äh ...» Das Ehepaar sah einander ratlos an.

«Nun, ich glaube, der Z7-A ist wohl der Richtige», wand sich der Mann.

«Also die frühere Modellreihe. Darf ich fragen, warum Sie gerade diese so bevorzugen?»

«Ja ... äh ... wie? Warum denn nicht die?»

«Mit Verlaub, die wird nur mehr selten verlangt, da es sich herumgesprochen hat, dass der Z7-*New Edition* einfach die bedeutend vielseitigere Ausführung ist.»

«Aber teurer.» Der Mann wedelte mit der Hand.

«Das schon. Doch betrachten Sie nur mal die Urlaubszeit. Beim Z7-*New Edition* können Sie für vierzehn Tage im Voraus einstellen, welche Programme täglich ablaufen sollen. Also –

um nur ein Beispiel zu nennen – Sie programmieren für den Tag Nr. 2 *Lästerliche Reden* ein. Gerade wenn man irgendwo neu ist, rutscht einem doch gerne mal was raus. Nicht überall ist es ja so sauber wie hier ...»

«Wir fahren nie sehr weit weg», sagte die Frau.

«Natürlich, darum geht es auch gar nicht. Doch vielleicht sitzen Sie schon stundenlang hungrig an Ihrem Tisch und der unfreundliche Ober kümmert sich nicht weiter um Sie. Wie schnell kann einem da mal der Kragen platzen.»

«Und? Wen juckt das?», brummte der Mann.

«Eben», strahlte der Verkäufer. «Das juckt Sie dann nicht mehr, denn Sie haben sich ja den Z7-*New Edition* gekauft. Auf den können Sie sich verlassen, hundertprozentig. Denn er reinigt daheim unermüdlich Ihr Gewissen, während Sie Ihren wohlverdienten Urlaub genießen.»

Der Mann schaute seine Frau an. Sie glotzte mit ihren Froschaugen zurück. «New Edition, aha!», sagte er.

Der Verkäufer fühlte sich wohl. In solchen Momenten war er gern Verkäufer. Das war nicht bloß Arbeit, das war auch Vergnügen.

«Obwohl Sie ja eigentlich gar kein Z7-Typ sind, wenn ich mal so sagen darf.» Der Verkäufer spürte die heitere Energie des Übermutes in sich.

«Nee?» Der Mann war irritiert.

«Nein.» Der Verkäufer beeilte sich nicht mit seiner Begründung. Die Pause sollte erst mal wirken. «Sehen Sie», setzte er schließlich an. «Der Z7 wird eher von den technisch nicht so übermäßig interessierten genommen ...»

Der Mann erstarrte. Der Verkäufer redete unbeirrt weiter.

«Es ist eine problemlose und wirklich gute Maschine. Aber eben doch ohne das Besondere, das technisch Raffinierte. *Profis* lieben doch den Kick.»

Profi war das richtige Stichwort. Es traf genau dort, wo es treffen sollte. Der Mann erblühte geradezu, als er es hörte. Er richtete sich etwas auf.

«Was würden Sie mir denn empfehlen?», fragte er lauernd.

«Ach, es ist immer schwer, Leuten etwas zu empfehlen, die sich selbst sehr gut auskennen. Aber einen *Heaven Stormer*, vielleicht sogar den mit dem Titandeckel, könnte ich mir schon vorstellen.»

«Der ist sicher viel zu teuer für uns», meinte besorgt die Frau. Ihr Mann hätte sie dafür erwürgen können. Schließlich wusste er selbstverständlich selbst sehr gut über alles Bescheid. Auch über etwaige Preise. Und von diesem *Heaven Stormer* mit dem Titandeckel hatte er erst vor kurzem in einer Illustrierten etwas gelesen. Allerdings konnte er sich nur noch schwach daran erinnern. Es war außerdem eine Fernsehillustrierte gewesen.

«Zeigen Sie uns den doch mal, meine Frau hat noch keinen gesehen.»

«Aber gern.»

Der Verkäufer führte die beiden hinüber in die exklusive Abteilung. *Heaven Stormer* hatte er noch ein ganzes Dutzend im Lager. Es war *der* Ladenhüter überhaupt. Schon mehrfach preisreduziert, aber bei dem Modell lag es wohl wirklich nicht am Preis. Vergleichstests verlor es meistens schmählich gegen weitaus billigere Konkurrenz. Unauffällig entfernte der Verkäufer das rote Sonderpreis-Schild und ließ es hinter dem Gerät verschwinden.

«Guck nur», sagte die Frau. «So eine schöne Farbe.»

Schnapp! dachte der Verkäufer, hab ich euch. «Jetzt nehmen Sie sich mal die Stoppuhr hier und messen mit. *Heaven Stormer* braucht für die gewöhnliche Alltagssünde der Kategorie 1 keine drei Sekunden.»

Der Verkäufer drückte den beiden je eine Stoppuhr in die Hände.

«Und ab geht die Post.»

Es rauchte, pulste und dröhnte, Text, völlig überdreht und unverständlich, wurde aberwitzig schnell abgespult. Es gab längst ein Urteil des europäischen Verbraucherschutzgerichtes, wonach der Text in dieser Form als nicht erlassene Sünde angesehen wurde und damit völlig wirkungslos war. Mit ein Grund für das Scheitern des *Heaven Stormer*. Die Firma hat das Problem nie in den Griff bekommen und war inzwischen am Ende. Es konnte sich eigentlich nur noch um ein paar Monate handeln.

Mit einem durchdringenden Paukenschlag beendete der Kasten seine kurze Vorstellung. Selbst der Verkäufer zuckte zusammen. Er hasste diese Modelle.

«Na, drei Sekunden, wie ich versprochen habe.»

Die beiden hatten in der Eile den Knopf von ihren Stoppuhren nicht finden können und fummelten noch daran herum.

«Weg ist die Sünde, der Gewissensbiss, der Alpdruck, so schnell geht das. Aber eben nur beim *Heaven Stormer*, mit dem man natürlich umgehen können muss. Aber das dürfte ja für Sie ein Klacks sein.»

Der Verkäufer zwinkerte dem Mann zu wie einem jungfräulichen Mädchen vor der ersten Liebesnacht. Es war dieser Alleswird-großartig-Blick, dem nur wenige wirklich widerstehen können, auch wenn es nachher wehtut. «So einer wird gekauft, das ist wenigstens mal was Richtiges.»

«Aber, Georg, der Preis.»

«Qualität ist nie ganz billig», streute der Verkäufer ein, als würze er eine Speise. «Dafür hat man aber auch lange was davon.»

«Gekauft! Entscheide du die Farbe, der Kasten wird genommen.»

«Meinst du echt?» Ihr Mann gefiel ihr so selbstbewusst und entschlossen. Denn eigentlich hielt sie ihn für einen Waschlappen. Er fühlte ihren bewundernden Blick und die Kraft, die er ihm verlieh. Am liebsten hätte er gleich noch so ein Ding gekauft.

An diesem Abend machte der Verkäufer seinen lange geplanten Wunsch endlich wahr. Als die letzten Kunden gegangen und die Türen verschlossen waren, überzeugte er sich auf einem Rundgang noch einmal davon, ob auch alle, wirklich alle seiner Kollegen das Haus verlassen hatten. Ganz offensichtlich schien der richtige Zeitpunkt für sein Vorhaben gekommen zu sein. Er stellte sich in die Mitte seiner Abteilung und zog eine Fernsteuerung aus dem Jackett. Es war eine von diesen programmierbaren Multifunktionsgeräten, die sich für alle fernsteuerbaren Funktionen eigneten. Seit Wochen hatte er es vorbereitet. Er atmete tief durch. Dann drückte er auf einen einzigen Knopf und drehte sich einmal im Kreis um die eigene Achse. Überall glimmten Lampen auf, begann es zu surren, zu summen und zu sprechen. Gongs hallten, Musik tönte von überall her, Nebel waberte über den Boden, Lichtblitze zuckten. Alle, wirklich alle Geräte arbeiteten jetzt gleichzeitig. Und er hatte in unermüdlicher Kleinarbeit dafür gesorgt, dass sie ihr Bestes gaben. Jedes auf seine Weise. Jedes einen anderen Aspekt des Lebens.

Seines Lebens!

Die Maschinen beteten, flehten, predigten, leisteten Abbitte und taten Buße, wie es vorher in dieser gleichgeschalteten Art und Weise wohl noch nie stattgefunden hatte. Und all dieses konzentrierte Flehen und Bitten, diese einzigartige Hinwendung galt nur einer Person, galt einzig und allein ihm, dem kleinen Verkäufer. Einem Nichts inmitten der unbegreiflichen Unendlichkeit des Kosmos.

Er zog sich aus, er wollte nackt sein. Nichts sollte ihn mehr trennen von All und Gott. Er stand in der Mitte des Raumes. Tausend Terabyte Betleistung widmeten sich seiner Seele, kneteten sie durch. Hunderttausend Watt Transzendenzpower fegten durch ihn hindurch. Es war erregend. Es machte ihn an. Allein die Vorstellung jagte ihm einen Schauer über den Rücken. Bald hatte er einen prächtigen Ständer.

Nach neun Stunden, hatte er errechnet, wird er ein Heiliger, der erste von Maschinen zur Seligkeit emporgebetete Mensch. Ein Erleuchteter des Computerzeitalters, der Sieg künstlicher Intelligenz über die Dunkelheit und das unberechenbare Schicksal des Einzelnen. Von der Einfalt des lächerlichen Verkäufers zur Vielfalt göttlicher Allwissenheit.

Als die Sicherungen durchbrannten und es schlagartig dunkel wurde, hatten ihn die Maschinen allerdings gerade erst zum *Gutmenschen* nach Euronorm 200 gebetet. Das war noch nichts Außergewöhnliches und half ihm auch nur wenig, als die Kollegen die Bilder der automatischen Überwachungskameras herumzeigten und das kreischende Lachen vor allem der weiblichen Mitarbeiter durch die Flure hallte.

Jetzt mal ehrlich

Ja, ja, schon gut, ich war in dieser Gruppe, muss ja nicht jeder gleich wissen. Margret hatte mir die Pistole auf die Brust gesetzt. Entweder ich geh da jetzt hin oder ich kann mir in Zukunft diese Kiste mit ihr abschminken. War natürlich hart. Keine leichte Entscheidung. Aber ich gab mir 'nen Ruck und ging hin. Ihr wisst ja, wie Margret aussieht, eine wie sie ist mittelschwer zu ersetzen.

Wenn man das erste Mal hinkam und diese ganzen Torfnasen sah, wie sie da so rumsaßen, all diese Psychos, na, ich ließ die erst mal machen. Verschränkte die Arme, ließ das Kinn auf die Brust sinken und legte die Beine übereinander. Fast bis zum Ende hatte ich mich auf diese Weise prächtig durchgemogelt. Plötzlich schienen sich alle auf mich zu stürzen. Wie auf Kommando. Lass es raus. Sei offen, sei ehrlich, halleluja, die ganze Latte. Mann, haben die genervt. Okay, dachte ich, die wollen es. Hab ich mich etwas aufgerichtet im Stuhl.

Jetzt mal ehrlich? Tja, wenn ihr meint. Könnt ihr haben.

Ihr kotzt mich alle an. Ihr geht mir alle so was von auf den Senkel mit eurem Selbstmitleid und eurem Greinen, nicht einer von euch Hackfressen stellt doch auch nur irgendwas dar. Oder kriegt was auf die Reihe. Nicht ein Einziger.

Haben die natürlich geguckt.

Der Obermufti, von dem Margret immer schwärmte, blieb ganz cool. Ob das schon alles gewesen wäre?

Ich hau ihm ein veritables Grinsen um die Ohren.

Geht das jetzt hier nach Zeit? Sabine hat doch auch nur paar Sätze rausbekommen vor dem Heulkrampf und dem ganzen

Zirkus, den sie danach ablieferte. Dieses Geschwurbel über ihren Ex oder wer das war. Irgend so ein Wohnzimmerathlet. Gut, ich bleib bei mir, entspann dich. Kenn ja den Plan. Nur wie soll ich dann ehrlich sein? Ich meine, wenn ihr nicht so wärt, wie ihr seid, hätt' ich vielleicht ein paar Probleme weniger. Typen wie ihr stehen einem doch ständig im Weg.

Guck nicht so.

Ja, kann schon sein, dass das die ganze angestaute Wut ist, die nach vielen Jahren endlich aus mir raus darf. Kann dir doch egal sein, du Zwerg, ist doch meine Wut. Reg dich wieder ab. Kriegst ja ein ganz rotes Gesicht. Wer hat denn gefragt? Ihr wolltet, dass ich ehrlich bin, aber eure Ehrlichkeit ist doch Pipi, die kann man sich wo hinstecken, die ist Pseudo.

Was ich fühle? Nur große Lust, reinzuschlagen.

In was? In eure Gesichter.

Okay, ich brech das hier ab. Es bringt mir in der Tat nichts. Schon gut, schon gut ... ja, doch ... ich gehe. Nein, es tut mir ganz bestimmt nicht leid. Warum auch? Ihr wart es doch, die mich aufgefordert habt, mal den Deckel wegzunehmen, ins schwarze Innere zu schauen und es rauszulassen. Wie es Jule jetzt geht, ist mir scheißegal. Was bohrt sie dauernd nach, wenn sie's nicht abkann? Dann muss sie eben damit leben. Soll sie doch endlich aus dem Fenster springen, wie sie immer androht, statt uns hier die ganze Zeit nur zu langweilen.

Pfoten weg.

Ihr wollt die Wahrheit doch gar nicht wissen. Was ihr wollt, ist Blümchentherapie. An den Händen fassen und Eiapopeia singen. Auf Gumminoppen-Socken rumtanzen und die ganze Zeit bescheuert grinsen, kannst du es fühlen, spürst du die göttliche Energie, nimm sie in dir auf, lass es raus, wir sind alle Brüder und Schwestern.

Glaubt ihr das wirklich?

Seht ihr denn nicht, was ihr in Wahrheit seid? Loser, Aussortierte, Idioten, die es nicht mehr gebacken kriegen. Der eine braucht den anderen nur, um seine ganz persönlichen Vorteile daraus zu ziehen. Mehr ist nicht. Das hält die Welt zusammen. Nicht dieser Schleim, den ihr hier verbreitet. Merkt ihr denn nicht, dass man euch längst aussortiert hat, weil ihr die Norm nicht mehr erfüllt? Darum müsst ihr hier zahlen, damit euch mal einer zuhört.

Ja, dann komm doch her, du Weichei-Therapeut.

Erzähl mir du doch nicht, was ich darf und was nicht. Jede halbwegs ansehnliche Klientin wird doch gleich mal gefickt vom Herrn und Meister Oberguru, so ist es doch. Kleines Stößchen in der Einzelsitzung entspannt natürlich ungemein. Das wird dann auch noch über Kasse abgerechnet.

Ne, Jule, du natürlich nicht, du fällst bei unserem Herrn Obertherapiemeister leider durchs Körperraster. Da kannst du ihn noch so lange anhimmeln wie eine Kuh den fernen Mond. Unsere Seelen sind schön, sagst du doch immer. Leider stecken sie nur allzu oft in einem abstoßenden Schwabbelkörper.

Fass mich nicht an, ich gehe, wenn es mir passt.

Und glaub bloß nicht, dass ich deine Scheißrechnung bezahlen werde. Einen Dreck werde ich, stopf sie dir also in deinen Wortklauberarsch, du Sack.

Jetzt gehe ich, weil ich es will.

Weil ich eine eigenständige Entscheidung getroffen habe.

Wenn du mit den ganzen Lügen aufhörst, hat dich keiner mehr lieb. Viel Spaß also noch in eurer Lügenmärchentherapie.

Adieu.

Huch, jetzt ist mir auch noch diese tolle Vase umgefallen.

Okay, war ein bisschen hart, geb ich zu. Aber ehrlich, Leute, jetzt ganz ohne Scheiß, als ich danach auf der Straße stand, vor dem Haus von diesem Pinsel, den meine bessere Hälfte anhimmelte, als hätte er ihr was in den Tee gemixt, als ich dort dann in den Himmel sah, ein windiger, herbstlicher Himmel mit wilden, zerrissenen Wolken, ich muss es zugeben, ich fühlte mich tatsächlich besser.

Hab ich sogar Margret später gesagt.

Und was antwortet sie?

Siehste.

Jule auf Rezept

Wenn Jule lachte, klang es wie ein rostiger Dieselmotor. Bei ihr musste man aber nicht lange vorglühen, Jule sprang auch so immer schnell an, vor allem wenn es galt, in die Pötte zu kommen. Sie hielt mir eine gelbe Tablette hin und sagte, die solle ich schlucken. Was passiert dann?, wollte ich wissen. Du bist ein Weilchen in mich verliebt, antwortete sie, und ihr Lachen ließ den Blechlampenschirm an der Zimmerdecke scheppern. Ich schluckte das Ding, schickte gleich noch einen doppelten irischen Whiskey hinterher und gemeinsam warteten wir auf die Wirkung.

Was machen wir so lange?, wollte ich wissen.

Du musst üben, sagte sie, dein Kurvenstil sieht nach Dödel aus.

Das Wetter war gerade schön, und weil dazu Sonntag war, gehörte uns der Aldi-Parkplatz ganz allein.

Jule stellte leere *Redbull*-Dosen als Tore auf, sie nannte das Nürburgring Nordschleife, ich setzte mich schon mal auf ihren Bock und machte mich mit der Kupplung vertraut. Sie zeigte mir, wie man ihre alte Kawa rumwarf, ohne hinzufallen und der Dödel zu sein. Ich fuhr Kringel um Kringel, Karussell und Hohe Acht, bis ein Zausel kam, der sagte, er wäre der Obermufti hier und was wir täten, sei nicht strengstens, aber doch irgendwie verboten. Wegen der Haftung und dem, dabei waren Jules Reifen noch tipptopp. Jule wollte ihn schubsen, darin war sie richtig gut, so mancher, den sie mal geschubst hatte, wechselte inzwischen die Straßenseite, wenn er sie sah, aber ich sagte, lass, waren eh genug Kringel, und Wirkung muss ja auch bald sein. Wir brachen ab und gingen zurück in ihre Bude.

Oben in ihrem Zimmer sah ich sie an, weil ich den Blick aus ihrem Fenster schon kannte. In ihrem Gesicht hatte ich dagegen noch nicht alles gesehen, da gab es noch Winkel und Gegenden, die mich überraschten. Sie fragte mich, was denn jetzt wäre von wegen der Wirkung und ob ich was spürte?

Nicht zu knapp, grinste ich sie an.

Wir liebten uns wie die Weltmeister, sie zeigte mir ihre Kurven, ich fuhr Kringel um sie, danach fühlte ich mich wie aus Gummi gemacht, so weich. Ich hätte in die Steckdose greifen können, ohne dass mir was passiert wäre, so gut war ich gegen alles und jedes isoliert.

Am Abend klemmte ich mich hinten bei ihr drauf, sie konnte Kurven viel besser fahren als ich, und die Kupplung rupfte bei ihr auch nicht so. Sie roch nach Leder und Wind und unsere Helme stießen aneinander, wenn die Straße Katzenbuckel machte. Sie fragte, ob ich noch eine von den gelben Tabletten nehmen würde, eine hätte sie noch, die Letzte, dann wäre endgültig Schluss.

Ich fühlte mich geschmeichelt. Immer her damit, sagte ich.

Sie warf den leeren Blister in den Wind.

Liebst du mich?, fragte sie mich unter ihrem Helm.

Wie verrückt.

Ich presste mich ganz eng an sie. Sie war so groß und schwer und stark wie eine Mutter. Der Duft von feuchtem Gras wehte durch mein Visier.

Du könntest auch mal versuchen, es verschrieben zu kriegen, sagte sie.

Warum nicht, sagte ich.

Aber ich dachte, Jule auf Rezept? Das wird schwierig werden. Schon ihre Lache gilt sicher als unerwünschte Nebenwirkung. Die meisten Ärzte sehen das auch kritisch. Sie wollen, dass wir uns selbst verlieben und nicht bloß was einwerfen. Das sei schließlich nur Illusion. Aber ich meine, Liebe darf gar nichts anderes sein als Illusion, denn wer sollte solche wie uns dann noch lieben?

Ich tätschelte ihren Bauch und sie fuhr jede Kurve, wie ich es nie lernen würde.

Der Becher-Mann

Schon an der Kasse hätte mir eigentlich auffallen können, dass etwas nicht stimmte, aber wie es eben so ist, ich war abgelenkt, in Gedanken irgendwo, jedenfalls nicht ganz da. Vielleicht lag's an der Kassiererin, das war so eine kleine Dunkelhaarige, mit schwarzen Fingernägeln und allem möglichen Silberschmuck an den Augenbrauen und den Ohren, man sah das öfter, Runen und Totenschädel, nicht der Rede wert, das Blöde war nur, man musste die ganze Zeit hinstarren, man konnte gar nicht anders. Jedenfalls funkelten mich ihre katzengrünen Augen spöttisch an, als sie den preisreduzierten Bananenjoghurt über das Fenster hielt, wo der Strichcode gelesen wurde, und es piepte, wenn's funktionierte. Statt noch schnell zu schalten und zu sagen, nee, hab's mir anders überlegt, den Joghurt also nicht zu nehmen, fantasierte ich mir irgendetwas Sexuelles zwischen ihr und mir zusammen, die üblichen Männerträume, Kopfkino, so realistisch wie der Weltfrieden.

«Zettel gut aufheben», sagte sie mit bemerkenswerten Grübchen in den Backen, hielt mir das Wechselgeld hin und ließ ihre Krallen über meine Handfläche kratzen. Ich nickte nur und kapierte wieder mal gar nichts.

Paar Tage später gönnte ich mir abends zur dreiundvierzigsten Wiederholung eines *Clint-Eastwood*-Streifens den Joghurt, löffelte ihn aus, fand ihn so la la, warf den Becher anderntags in den Müll und lebte mein mausgraues, zufriedenes Leben. Bis zum Mittag jenes trüben, verhangenen Augusttages, an dem mich Herbert, unser Hausmeister, vor dem Haus abpasste und mir eben jenen Becher vors Gesicht hielt, der mir den Abend vor der Glotze dereinst in Maßen versüßt hatte. Herbert hatte ihn offenbar aus dem Restmüll-Container gepopelt, den er sich des Öfteren vornahm, ich dachte immer, um nach Pornoheftchen zu suchen, die manche achtlos wegwarfen, wenn die hormonelle Wirkung beim Betrachten nachließ.

Ob das meiner sei, wollte er wissen.

Auf so eine Frage antwortete ich wie alle. Wieso?

Eine Weile ging es hin und her. Da er den Becher aus einem Müllbeutel hätte, in dem auch an mich adressierte Werbebriefe steckten, blieb mir nichts anderes übrig, als es zuzugeben. Na und, ist es eben meiner, murmelte ich. Ich würde das ganze Haus in Verruf bringen, schnauzte er mich an. Ich schenkte ihm das überheblichste Grinsen, das ich auf die Schnelle hinbekam. Herberts Gesicht überzogen jetzt rote Flecken. Er schrie mich an, dass der von der Stadt beauftragte Entsorger sich weigern könnte, durch Fehlwürfe verunreinigten Müll mitzunehmen. Was dann? Tja, murmelte ich und gönnte ihm ein Schulterzucken vom Allerfeinsten. Es endete schließlich damit, dass ich knapp unterhalb meiner persönlichen Durchdreh-Grenze meinen Becher und die Alulasche, die ihn einst bedeckt hatte – beides mittlerweile mit schwarzfleckigem Schimmel überzogen – wieder hinauf in meine Wohnung schleppte. Herbert drohte mir sogar. Er rief mir auf der Treppe nach, er müsse das der Genossenschaft melden. Und überhaupt, es solle mir jetzt bloß nicht einfallen, den Becher in den gelben Sack zu stopfen, denn das wäre genauso verboten wie in den Haushaltsmüll, da mein Becher nicht das dafür erforderliche Zertifikatszeichen trüge. Ich bräuchte das nur in dem Heft nachzulesen, welches jedem Hausbewohner zum Jahreswechsel zugänglich gemacht worden war. Als ob ich mich für alberne Schwarten interessieren würde, die irgendwelche Kasperlgesichter neben den Briefkästen auslegten. Er konnte mich mal.

Brav, wie man ja doch ist, trug ich den jetzt sauber gespülten Becher in den Supermarkt zurück und wollte ihn dort endlich loswerden. Ob ich den Kassenzettel noch hätte?, flötete die Freizeit-Vampirette. Natürlich nicht, oder seh ich aus wie ein Messi? Dann täte es ihr leid, aber ohne den Beleg wäre eine Rücknahme unmöglich. Auf meine Frage, was ich denn dann damit tun solle, zog sie nur den Mund schief, als wären paar Gesichtsnerven durchtrennt worden. Auf dem Nachhauseweg suchte ich nach einem öffentlichen Abfallbehälter, wild entschlossen, das Besitzverhältnis zwischen mir und diesem Becher endgültig zu lösen. Zu meiner Überraschung stellte ich fest, dass sie diese inzwischen alle abmontiert hatten, selbst an den Bushaltestellen. Ein dünner Opi, der mich wohl beobachtet hatte, wie ich mich ratlos umsah und dabei den Becher in Händen hielt, sagte kryptisch Ja-ja und dass wir uns alle noch einmal wundern werden, wie sich die Erde wehren würde. Da er mir hinterherschlich, traute ich mich nicht, den Becher ins nächste Gebüsch zu feuern.

Zu Hause stellte ich den Becher ins Küchenregal und sammelte darin Kleinkram wie Packungsgummis oder Flaschenkorken. Genauer gesagt vergaß ich ihn einfach, steht eh so viel rum bei mir. Bis mich eines Tages Sabinchen besuchte, die ich nachträglich, Gott und der erhabene Zeitgeist mögen es mir verzeihen, als größte Öko-Schlampe bezeichnen möchte, der ich je begegnen durfte. Sabinchen stürzte sich geradezu auf den Becher, leerte den Inhalt in die Spüle, betrachtete die Unterseite und rief mit Inbrunst: «Das gibt es ja wohl nicht!»

In der halben Stunde danach war sie abwechselnd sehr enttäuscht von mir, hätte mir das niemals zugetraut, war erschüttert, betroffen, angewidert und was weiß ich, in welche Aggregatzustände sich ihr zartes Inneres noch verwandelte. Mit dem Feuerkopf der Fanatikerin klärte sie mich darüber auf, dass durch den leichtfertigen Erwerb dieser Billigware letztendlich der Meeresspiegel steige, Kriege geführt würden und Menschen verhungerten. Als mir das zu viel wurde und ich grinsen musste, warf sie mir den Becher an den Kopf und rannte heulend raus. Natürlich tratschte sie dann überall herum, dass sie diesen Becher bei mir gesehen hätte, und ich wurde mehrmals mit entrüstet emporgezogener Augenbraue darauf angesprochen. Ob ich denn nicht wisse. Ob mir ein paar grundlegende Zusammenhänge noch nicht klar geworden seien. Warum ich vor der Natur keinerlei Respekt hätte.

Um nicht weiteren Stress zu provozieren, tigerte ich also los, wild entschlossen, diesen Becher endlich in staatstragender Weise zu entsorgen. Bei unserer Wertstoffsammelstelle, Dienstag und Mittwoch von neun bis halb elf geöffnet, klärte man mich schroff darüber auf, dass Becher ohne Euro-Kennzeichnung schon seit Januar nicht mehr angenommen werden dürfen und ob ich denn noch alle beisammen hätte, ihm hier mit so etwas zu kommen. Zudem müsse er nun meinen Personalausweis sehen und die Daten notieren, denn die Kenntnis über den Besitz solcher Becher wäre längst meldepflichtig. Ich murmelte irgendeinen Unsinn, dann deutete ich zur Seite und als er hinschaute, hechtete ich über den Zaun. Hinter mir bellten Hunde, doch da war eine viel befahrene Bundesstraße, über die sich kein Hundebesitzer trauen würde, seine überernährten Köter einfach so drüberzuhetzen. Mit schwerem Ackerlehm an den Schuhen erreichte ich erschöpft nach Stunden mein Zuhause.

Tage später bekam ich einen Hinweis. Am Hafen traf ich einen gewissen Jorge, der mir vielleicht helfen könnte. Den Tipp hatte mir einer gegeben, der in meiner Kneipe vom Laster gefallene Autoradios vertickte und der Einzige war, den ich mich noch traute, um Rat zu fragen. Jorge war ziemlich nervös und schaute so ausdauernd über die Schultern, bis ich ihm empfahl, sich doch lieber gleich umzudrehen. Das fand er gar nicht witzig. Für fünfhundert Euro wollte er mir die Adresse von einem Libanesen geben, bei dem ich meinen Kram loswerden könnte, bombensicher. Das war mir dann doch zu durchsichtig, und ich ließ mich nicht darauf ein. Als ich wegging, sank hinter mir das Preisniveau, das Letzte, was ich ihn rufen hörte, war zwanzig, weil ich's wäre. So viel zu Jorge.

Inzwischen machten mir alle möglichen Leute die Hölle heiß. Herbert hatte mich natürlich bei der Genossenschaft hingehängt. Sabinchens Truppe stellte eine Mahnwache mit Transparent vor unser Haus, eine Behörde schrieb mir einen unfreundlichen Brief, ich müsse mich sofort dort melden, und im Treppenhaus wurde ich nicht mehr gegrüßt. Dann kamen die Kündigungen. Zuerst die Wohnung, dann die Arbeit. Was Neues fand ich nicht, da der Besitz bestimmten Mülls beim Arbeitgeber angegeben werden musste und mir dann unter allen möglichen fadenscheinigen Ausreden der Vertrag verweigert wurde. Mit einem wie mir wollte keiner mehr etwas zu tun haben.

Einmal ließ ich den Becher am Spiegel vor einem Waschbecken stehen, im Bahnhofsklo, dort wusch ich mich regelmäßig, um nicht ganz so stark zu riechen. Als ich es bemerkte, hockte ich schon gegenüber auf den Kirchenstufen, wo ich am Vormittag gerne die Hand aufhielt und mir von den Omis Kleingeld zustecken ließ. Irgendwie war das Gefühl nicht übel, ohne Becher, fast wie früher. Kurzzeitig fing ich an, von einem zweiten, einem neuen Leben zu träumen, in dem ich noch mal auf Partnerbörsen surfe, einen festen Job habe, vielleicht Kinder, wer weiß. Dann aber sah ich schon den Polizeiwagen heranrasen, die Männer herausspringen, bald hatten sie einen gefunden, der zu mir herüberdeutete, immer wieder, ganz wichtig, wahrscheinlich der Klopächter, der natürlich fürchtete, sie würden ihm die Bude dichtmachen.

Ich musste den Becher nun wöchentlich bei der Polizei vorzeigen und bestätigen lassen, dass ich ihn nicht einfach in den Wald geworfen habe.

Ich hörte, in Amerika soll alles etwas einfacher sein, doch zusammen mit dem Becher lässt man mich in kein Flugzeug. Außerdem ist der Import ungekennzeichneter Joghurtbecher durch die erhöhte Terrorgefahr inzwischen unmöglich geworden.

Mit einem Lederriemen habe ich mir den Becher um den Hals gebunden, sollen doch alle gleich sehen, woran sie sind. Außerdem bin ich im Park gerne für mich und meide die Schnorrer und Säufer, die dort meistens rumhängen. Wenn sie den Becher sehen, bin ich sie los, alle. Ich bin der *Becher-Mann*, meinen alten Namen kennen gerade noch die Behörden. Wenn ihr mich sucht, fragt einfach nach ihm. Die meisten, die mich besuchen, durchwühlen ihre Taschen, bevor sie wieder aufbrechen, schon um sicher zu gehen, dass ich ihnen nicht heimlich was zugesteckt hatte. Müllbesitz ist ja längst ein Makel, den man wahrscheinlich nie mehr loswird.

Als im letzten Jahr im Zuge der üblichen Wahlversprechen die Behörden angewiesen wurden, besondere Problemabfälle großzügig anzunehmen, um die Ausgrenzung ganzer Gesellschaftsgruppen sozial abzufedern, stellte natürlich auch ich mich in die Schlange, nur um dann vier Stunden später zu erfahren, dass ich meinen Becher zwar loswerden könnte, doch vorher die winzige Gebühr von fünfzehnhundert und drei Euro siebenundzwanzig zu zahlen hätte. Dem Sozialamt brauchte man wegen so was nicht zu kommen, die winkten nur ab. Dafür wurde mir der Becher in meine Papiere eingetragen, mit Foto. Wir zwei sind längst ein unzertrennliches Team.

Ich kann eigentlich nur noch hoffen, dass das Ding vor mir verrottet, doch ich hab 'nen Typen mit Brille gefragt, der es wissen musste, und der faselte etwas von Polymeren und fünfhundert Jahren, gegen Plastik hast du als Biomasse einfach schlechte Karten. Zurzeit läuft auch ein Antrag, ob ich mal in 'nem Salzstock tief unten beerdigt werden könnte, weil sie mich auf dem städtischen Friedhof nicht nehmen. Die ganzen gelben Fässer, die da sonst noch herumstehen, wären mir egal. Sollen ja sogar Wärme abgeben, dann ist's nicht so kalt.

Nachttankstelle

1

Autofahren erinnerte ihn immer an Wacheschieben. Man konnte nicht viel tun, wartete nur darauf, dass sich etwas Unvorhergesehenes ereignete. Die Geschwindigkeit wurde vom Tempomat geregelt, es bedurfte nur winzigster Korrekturen am Lenkrad. Das Licht der Scheinwerfer waren zwei nach vorne gestreckte, in die Dunkelheit tastende Finger. Diese so kurz nur erleuchtete, rasch vorbeihuschende Welt galt es zu beobachten. Man musste das Hindernis erkennen und ihm ausweichen, bevor man auf es traf. Er spielte mit dem Gedanken, das Licht auszuschalten und zu warten, bis etwas passierte. Herauszufinden, wie viel Zeit ihm wohl bliebe, bevor sich etwas Undurchdringliches vor ihm aufbaute, eine Wand wie ein Schatten, ein Hindernis, stärker als jeder Wunsch oder Zufall es je sein könnten.

Blau wie eine Insel inmitten des schwarzen Nichts schimmerte eine Tankstelle, und er fuhr raus. Er schien der einzige Kunde zu sein, der jetzt, kurz vor drei, noch etwas brauchte. In jenen Stunden des Tages, die es eigentlich gar nicht gab. Als wäre man längst zu den Träumen der anderen geworden. Nachdem er getankt hatte und zahlen wollte, blieb er beim Eingang stehen. Das grelle Licht trieb ihm Tränen in die Augen. Er war seit Stunden unterwegs, hatte bewegungslos nach vorne gestarrt, das Lenkrad gehalten, die Daumen daran festgehakt und nachgedacht, über Silke natürlich, seine Freundin oder besser gesagt, seine Ex. Denn das war sie jetzt doch: Vergangenheit.

Ein Name und ein Haken dahinter, mehr nicht. Immerzu musste er an das, was sie zu ihm gesagt hatte, denken. Er wollte es nicht, aber sie zwang ihn dazu. Warum sie es nicht mehr mit ihm aushalten konnte. Was an ihm nicht ganz richtig sei. Warum er sich endlich mal einer Therapie stellen sollte, sich ändern müsste und nicht immer nur alles aussitzen dürfte, davor davonlaufen.

Das hämmerte vor allem in seinem Kopf. Er liefe davon. Wovor eigentlich? Was meinte sie denn damit? Er hatte sie das gefragt, mehrmals, aber ihre Antworten waren schwammig geblieben, ein einziges Herumgerede, sie hatte es selbst nicht mal gewusst. Sie stellte sich nur immer etwas vor, was ausschließlich ihrem Kopf logisch erschien. Silkes kleine Spezialwelt mit ihren eigenen Gesetzen und Regeln, an die sich bitteschön alle anderen zu halten haben. Doch damit war jetzt Schluss. Sie war die Person im Rückspiegel, die er hinter sich gelassen hatte, endgültig. Schluss mit diesem ewigen Ärger, diesen endlosen Gesprächen und Vorwürfen. Diesem Genörgel und Gedöns. Sie wurde mit jedem Kilometer kleiner. Sie durfte seine Gedanken nicht länger besetzen und sich wie ein Virus in seinem Kopf einnisten.

Er rieb sich die Augen, wandte sich zu den Zeitschriften, interessierte sich eigentlich nicht dafür, aber dort war es dunkler, das Licht nicht so grell. Er blätterte in Heften, die er wahllos herausgriff. Auf allen waren junge, fast oder ganz nackte Mädchen. Die Titel sagten ihm nichts. *Holy Bitch, Midsummer Night, Dream of a Devil.* Viel schwarz, viel Leder, viel blöde Anmache mit halb geöffneten Augen. Dazu Kerle mit Muskeln wie aus dem Doping-Labor. Eingeölte Körper, metallisch kalte Waffen, wuchernde Tätowierungen. Das waren Pornos, als ob das plötzlich an jeder dämlichen Tanke am Wegesrand erlaubt wäre, farbige Genitalienkunde auf gelacktem Papier, rote Lippen über blutprall erigierten Eicheln und der ganze altbekannte Schwachsinn. Nirgends Sport- oder Automagazine, nichts über Garten und Architektur, kein Klatsch und Tratsch und Heile-Welt-Geschwafel. Nicht dass ihn das interessiert hätte, aber in was für einen Laden war er denn hier geraten?

Eine Regalreihe weiter standen Getränkekisten mit Biersorten, von denen er noch nie gehört hatte, Monster, Devil's Piss, Spooky. Schwarze, violette, dunkelgrüne Etiketten mit Fratzengesichtern, Chimären, Burgen darauf. Seitlich an der Wand wurden Messer angeboten, Stricke, Handschellen wie im SM-Laden, verrückt. In der Kuchenvitrine lagen Marzipanstücke in Form einer abgehackten Hand, Kuchen sahen aus wie rausgerissene Herzen, Kekse wie kleine Phalli. Es wurde immer besser.

Das junge, Kaugummi kauende Ding an der Kasse trug mehrere Piercings am Mund, der Nase und den Ohren. Ihre linke Kopfhälfte war rasiert, über die rechte breitete sich ein glatter, ölig glänzender Lappen an schwarzen Haaren wie ein schwerer, träger Vorhang. Ihre graugrünen Augen wirkten überheblich und ihm gefiel ihr Blick nicht. Sie war zierlich, dünn, mit schmalen Hüften und ohne Brüste. Jedenfalls zeichnete sich unter ihrem Schlabberhemd, in das irgendein Irrer tausend Schnitte gemacht hatte, nicht viel ab. Sie krümmte sich auf dem Hocker, als bereite es ihr Vergnügen, sich zu verbiegen, die Beine übereinanderzuschlagen und einen Fuß unter den Unterschenkel des anderen Beins zu klemmen. Den Oberkörper hatte sie rechtwinklig zu den Beinen zum Tresen hin verdreht, einen Ellenbogen flach aufgestützt, eine Schulter hochgezogen, sodass sie fast ihre linke Wange berührte. Sie hatte etwas an sich, was ihn anzog und gleichzeitig abstieß. Man müsste sie *durchziehen*, dachte er, ihr erst eine *scheuern* und es ihr dann *besorgen*. Sie würde auf Typen wie ihn nicht stehen, aber das war ihm in diesem Moment egal. Der Gedanke war reizvoll. Die Worte, die sich mit diesem Gedanken verbanden. Weit entfernt von den ewigen Auseinandersetzungen mit Silke.

«Keine Angst, hier ganz allein?», sprach er sie an.

«Warum sollte ich?» Sie nahm sein Geld und stopfte die Scheine in die Fächer.

«Tja, warum ...»

Knips, Ende des Gesprächsfadens. Er hatte keine coolen Sprüche drauf. Es gab ja nichts zu reden. Er war kein geheimnisvoller Fremder und sie bestimmt nicht auf der Suche nach *Mister Nobody*. Sie machte ihren Job und wenn der zu Ende war, schlurfte sie heim und legte sich bei irgendeinem *Johnnie-der-kleine-miese-Stecher* ins Bettchen. Der steckte ihn ihr rein oder auch nicht, und das war's dann vom Tag, oder besser von der Nacht. Schichtende. Er war nur ein Kunde, der seinen belanglosen Familien-Van aufgetankt und sich dann weiter in die Nacht verpisst hatte.

«Beleg?»

Er nickte nur, hielt ihr die Hand hin. Diese kleine Schlampe hockte hier mutterseelenallein inmitten des neonbeleuchteten Pornokrams und bildete sich wahrscheinlich auch noch Gott weiß was darauf ein. *Toughes Girlie*, scheißt sich vor nichts und niemandem. Eines Tages aber würde der Verkehrte kommen. Den sie nicht mit schief gezogenem Mund ignorieren konnte. Für jeden kam einmal dieser Tag, ausnahmslos.

Als alles erledigt war, blieb er trotzdem stehen. Sah ihr direkt ins Gesicht. Mitten in diese Kaugummi kauende, blöde Fresse.

«Da hinten ...» Er wedelte mit einer Hand in die ungefähre Richtung. «Was soll das? Dieser Pornokram ... schwarze Messen ... Sado-Maso ... wusste gar nicht, dass es so viele Zeitschriften darüber gibt.»

«Gibt's ja auch nur hier.»

Jetzt bemerkte er die Zigaretten, die hinter ihr im Wandregal steckten. *Demon Filter*, *Witchcraft*, *Magic* ... nicht eine einzige Sorte davon kannte er. Dabei hatte er mal geraucht. Wegen Silke musste er es sich abgewöhnen.

«Was ist das hier? 'ne Tanke für ... Hexen?» Er presste ein misslungenes Lachen heraus.

«Warum nicht?» Sie ließ sich nicht so leicht aus der Ruhe bringen.

«Bist wohl auch eine.»

«Wie will einer wie du das denn erkennen?»

Er starrte sie wütend an. Ein paar Worte nur und sie zog bei ihm den Stecker raus. Sie hatte Recht, einer wie er würde gar nichts erkennen. Er lebte das verschwitzte und verschwiemelte Leben der Typen, die immer nur redeten, aber nie ihren Arsch hochbrachten, wenn es darauf ankam.

Zurück in seinem Van startete er den Motor, riss am Wählhebel, wollte Gas geben. Das Navigationsgerät war weg, der Halter auf dem Armaturenbrett leer, das abgezogene Kabel baumelte herab. Es war eingeschaltet gewesen, als er in die Tankstelle fuhr, das wusste er genau. Es hatte seit Stunden mit einem kleinen, wandernden Pfeil angezeigt, wo er sich gerade befand. Er hatte die Seitenscheibe offen gelassen, den Wagen nicht versperrt. Er hatte sich vollkommen alleine gewähnt. Das war ein verdammter Fehler gewesen. Darum riskierte die Kleine an der Kasse auch so eine dicke Lippe. Sie wusste natürlich, wer sich noch so alles hinter den Kulissen herumdrückte.

2

«Die Überwachungskamera ...» Er deutete symbolisch zur Decke.

«Ja?»

«Ich will die Bilder sehen. Die letzten zehn Minuten ...»

«No way.»

Sie schüttelte den Kopf, ihr hässlicher Haarlappen pendelte hin und her.

Er holte tief Luft, richtete sich dabei auf. «Jemand hat mir was aus dem Wagen gestohlen. Ich will wissen, wer das war.»

Ihr Kiefer malmte den Gummi, immerzu. Es interessierte sie einen Dreck.

«Auf den Bildern könnte man sehen, wer da draußen herumschleicht.»

«Hier wird nichts aufgezeichnet. Ist alles nur live.» Mit einer lässigen Handbewegung wischte sie über die Reihe der schwarz-weiß schimmernden Monitore neben ihr. Sie zeigten die Reihen der Zapfsäulen draußen und der Regale innen.

«Glaub ich nicht.»

«Dann lass es.» Sie zuckte gelangweilt mit den Schultern.

Er spielte mit dem Gedanken, über den Tresen zu greifen und sie herauszuziehen, es ihr zu besorgen, jetzt! Ihr richtig eine mitzugeben. Der zu sein, auf den sie zu warten schien. Aber es blieb ein Gedanke, ein Fragment, etwas Unerlöstes. Er stieg in seinen Wagen, startete den Motor, fuhr aber nicht los, sondern beobachtete das Mädchen an der Kasse. Sie hockte nur da, das Gesicht gesenkt und hinter dem Haarlappen verborgen, sah nicht zu ihm heraus, nicht mal für einen einzigen kurzen Moment. Er raste los, Vollgas, ließ die Reifen wimmern, sehnte sich zurück in die dunkle Schemenhaftigkeit der Straße, aber es kotzte ihn plötzlich an, Kilometer zu fressen, Stunde um Stunde verticken zu lassen. Nur wegen Silke. Dauernd musste sich alles um sie drehen. An der nächsten Ausfahrt fuhr er schon wieder raus, bog ab, bog ein weiteres Mal ab, wollte plötzlich wieder zurück zur Tankstelle, aber diesmal von hinten kommend, sich anschleichend, unentdeckt und unerwartet. Mal sehen, was die Kleine gerade machte. Die Straßen wurden schmaler, kleiner, bedeutungsloser; längst verlor er jedes Gefühl für die Richtung. Als Schotter gegen den Wagenboden prasselte, stoppte er, stieg aus und trank Schnaps, den er stets in kleinen Fläschchen im Armaturenfach dabeihatte. Zu Hause durfte er nicht trinken, wegen Silke, sie wollte das nicht, also blieb nur der Wagen als letzte Zuflucht für das bisschen, was von ihm noch übrig war. Das Zeug brannte auf der Zunge und fraß sich die Kehle hinunter in den Magen. Die leere Flasche schleuderte er ins Gebüsch.

Weiter vorne auf dem Weg bemerkte er ein weißes Schimmern. Die aufgeblendeten Scheinwerfer schienen es so gerade eben noch zu streifen. Er hatte das Gefühl, es bewegte sich. Langsam ging er darauf zu. Eine Frau in einem strahlend weißen Kleid hockte auf dem Boden, die Beine angezogen, Kopf und Arme auf die Knie gestützt. Ihre Füße bluteten stark, als sei sie in Scherben getreten. Sie konnte sicher nicht mehr auftreten, nicht gehen, nicht weglaufen, sie musste auf den Nächsten warten, der hier vorbeikäme. Ihr Blick war scheu, etwas ängstlich, aber er glaubte darin auch naive Hoffnung erkennen zu können. Den Ausdruck großer Unschuld. Sie war wunderschön, zierlich mit sehr heller Haut, an Alabaster oder Marmor erinnernd, wie ein Geschöpf aus einer anderen Welt. Ein Körper, wie er ihn noch nie so nah und schutzlos gesehen hatte. Sie schien nur dieses dünne, weiße Kleidchen zu tragen, durch das ihre Haut schimmerte.

«Helfen Sie mir?»

Es war das Erste, was sie zu ihm sagte, und es klang nicht wie eine Bitte, eher wie eine Frage.

«Was ist passiert?» Er musste auf sie wie ein riesenhafter Schemen vor dem entfernt blendenden Licht der Scheinwerfer wirken. Fremd und bedrohlich. Das gefiel ihm.

«Helfen Sie mir?»

Sie war noch sehr jung, gerade erwachsen. Sie war in dem Alter, in dem man allen möglichen Blödsinn anstellte, weil man sich für unverwundbar hielt.

«Ja ... klar», sagte er. «Was soll ich tun?»

«Bringen Sie mich hier weg.» Ihre Stimme war jetzt leise wie ein Hauch.

Seine hingegen tief und gönnerhaft. «Okay.»

Er bückte sich, griff mit einem Arm unter ihren angewinkelten Knien hindurch, mit dem anderen um ihre schmalen Schultern. Sie roch nach Wind und Heu, nach Landschaft und offenem Feld, nicht ein Anflug von Parfum. Er empfand es als angenehm. Als sehr anziehend. Sie war leicht und ihre Arme umschlangen seinen Hals, als er sie aufhob. Er trug sie zurück zum Wagen und legte sie behutsam auf den Rücksitz. Er musste sich zwingen, sie wieder loszulassen, denn dann würde er sie nicht mehr berühren. Ihre blutenden Füße ließ er zur geöffneten Tür nach draußen hängen. Man konnte die fallenden Tropfen auf dem Gras, das am Wegrand wuchs, hören.

«Was ist passiert?»

Er zog den Verbandskasten unter dem Fahrersitz hervor und riss eine der Mullbinden auf. Unbeholfen begann er ihre Füße damit einzuwickeln. Ihre Augen wirkten hell und frisch, sie verfolgten jede seiner ungeschickten Bewegungen, trotzdem hatte er nicht das Gefühl, dass sie wirklich wach war. Eher dass sie etwas genommen hatte, was ihr nicht guttat. Was sie ihm noch mehr auslieferte.

«Wollen Sie es mir nicht sagen?»

Ein warmer, sanfter Luftstrom hob etwas ihr Kleid und er glaubte plötzlich erkennen zu können, dass sie tatsächlich nur dieses dünne Kleidchen trug, sonst nichts. Warum zogen sich Frauen so wenig an? Warum setzten sie sich damit zusätzlicher Gefahr aus? Sie könnte in so einer Nacht sterben. Sie könnte, dachte er weiter, natürlich auch sterben wollen. Sie könnte sogar ihren Tod mit ihm verknüpfen wollen, dem nächsten, der zufällig des Weges kam. Einem, der nachts irgendwelche Feldwege entlangraste, sinnlos große Distanzen zurücklegte, ein Getriebener, nicht ganz richtig im Kopf.

Er wickelte ihre Füße mit allem ein, was ihm in dem Verbandskasten dafür geeignet erschien. Solange er es tat, hatte er einen Grund, sie anzufassen, und das vor allem wollte er. Doch er konnte das Blut nicht stoppen. Schnell bildeten sich dunkle Flecken auf dem weißen Mull. Sie würde seine Polster versauen. Aber egal, dann wäre sie ihm etwas schuldig. Um die Türe schließen zu können, musste sie die Beine anziehen. Seine Blicke tasteten unter ihr Kleid.

«Warum bringen Sie mich nicht an einen sicheren Ort?»

«Wo soll das sein?»

«Sie verstehen schon.»

«Die Tankstelle?»

«Ja, vielleicht die Tankstelle.»

Wie betäubt setzte er sich ans Steuer, fuhr los. Er suchte am Wegrand nach einem abgestellten Auto, nach anderen Personen, irgendwelchen Typen, die ihn vielleicht beobachtet hatten. All das könnte auch eine Falle sein. Mit der Taste für die Zentralverriegelung versperrte er alle Türen. Er sollte ab jetzt vorsichtiger sein. Sie war etwas Kostbares, was er gefunden und in gewisser Weise in Besitz genommen hatte. Warum es sich wieder wegnehmen lassen, wenn man es verhindern könnte.

3

Sie wusste den Weg zur Tankstelle und lenkte ihn, ohne hinauszusehen. Als würde sie es einzig aus den Bewegungen des Wagens lesen können. Nicht weit und die gleißende Insel aus Licht und Metall lag vor ihnen. Eine kleine, einspurige Straße führte zur Rückseite der Tankstelle und mündete auf den Platz, wo die Müllcontainer standen. Weit vorher schon schaltete er die Scheinwerfer aus. Leider hatte das Gebäude hier kein Fenster, durch das man ins Innere hätte sehen können, nur glatte, weiße Wände und eine farbige Stahltür gab es. Er parkte den Wagen ein Stück entfernt seitlich zwischen Gestrüpp und Bäumen. Seine rechte Hand tastete nach hinten und berührte sie an der Hüfte, ein Gefühl wie ein elektrischer Schlag, nicht heftig, doch sehr intensiv. Als er sich umdrehte, bemerkte er, dass ihre Augen geschlossen waren. Noch bevor er sie aber an der Wange berühren konnte, sah sie ihn plötzlich an. Er zuckte zurück.

«Ich kann nicht weglaufen», sagte sie.

«Nein, kannst du wohl nicht.» Er starrte seine Finger an, die sich ihr wieder näherten, Zentimeter um Zentimeter, als pirschten sie sich an.

«Warum bluten deine Füße?», fragte er.

«Du weißt es.»

«Woher sollte ich?» Ein Lächeln huschte über sein Gesicht.

Seine Fingerkuppen hatten ihr Kleid jetzt erreicht, weicher, glatter, kühler Stoff. Er müsste sie zu einem Krankenhaus bringen. In der Tankstelle nach dem Weg fragen oder einen Krankenwagen rufen. Man würde sie ihm dann wegnehmen. Er könnte sie vielleicht einmal in der Klinik besuchen. An ihrem Bett säße dann sicher ihr Freund, irgendein blond gelockter Typ, der gerade studierte und ihm einen laschen, desinteressierten Händedruck gäbe. Sie würde sich höflich bedanken, und wenn er großes Glück hätte, würde sie ihm irgendwann die Reinigung der Polster bezahlen. Danach würde er sie nie mehr wiedersehen. Er könnte ja stattdessen bei Silke an der Tür kratzen, und wenn er ihre Bedingungen akzeptierte, hundertprozentig, dann dürfe er vielleicht wieder den Hampelmann bei ihr spielen. Der Witz sein, der Männchen macht, wenn sie es nur will. Schaut nur, wie süß.

Seine Finger streiften ihr Bein entlang bis zum Rocksaum

kurz vor dem Knie. Nichts als glatte warme Haut. Seine Handfläche legte sich sanft auf ihren Oberschenkel, schob jetzt den Rocksaum hoch. Er wunderte sich, dass sie nicht reagierte, denn längst musste sie ahnen, was er mit ihr vorhatte.

«Warum trägst du nur dieses Kleid?»

«Es ist das, was von mir übrig ist.»

Bedeutungsschwangerer Unsinn, dachte er, wie Silke ihn oft zum Besten gegeben hatte, aber eigentlich war ihm egal, was sie sagte. Seine Aufmerksamkeit gehörte ganz seiner Hand. Nur eine Fingerbewegung von seinem Ziel entfernt, stoppte er. Er könnte sie jetzt jederzeit dort in ihrer Mitte berühren. Diese Grenze, die letzte, die es zwischen zwei Menschen gab, überschreiten. Sich etwas nehmen, was ihm nicht zustand, was aber auch niemand verhindern konnte, wenigstens jetzt nicht, in diesem Moment. Ein Dieb in der Nacht. Er hob den Finger, riss plötzlich seine Hand weg, als hätte er in Dreck gefasst.

«Was ist los mit dir?», schrie er sie an. «Warum ist dir alles egal?»

Sie zog den Rocksaum nicht sofort nach unten, wie er gedacht hatte. Sie ließ ihn dort, wohin er ihn geschoben hatte. Ihre Augen waren zum Wagendach gerichtet.

«Hilfst du mir?», fragte sie.

Er drehte sich nach vorne und starrte in den Rückspiegel, in dem nur ihre nackten Knie zu sehen waren. Er dachte, als Mensch hast du es in der Hand. Es ist deine Entscheidung. Nimm es dir, wenn du dich traust, lauf weg, wenn du zu feige bist. Wenn sie dich später erwischen, hast du Pech gehabt. Wenn aber nicht, wirst du es wieder tun, garantiert, immer wieder. Weil du gar nicht anders kannst.

«Ich helfe dir», sagte er.

4

Das Mädchen saß noch immer an der Kasse, unverändert Kaugummi kauend. Sie schien sich nicht zu wundern, dass er plötzlich vor ihr stand, ohne mit seinem Wagen vorgefahren zu sein.

«Ich habe eine verletzte Frau im Wagen.»

Nicht mal nach so einem Satz zog dieses Mädchen auch nur eine Braue nach oben.

«Was ist passiert?», murmelte sie.

«Keine Ahnung. Sie hockte plötzlich auf der Straße. Jemand muss sie ausgesetzt haben.»

«Warum sollte einer so etwas machen?»

«Weiß ich doch nicht.»

Sie sah ihn zum ersten Mal richtig an.

«Sie ist sicher sehr hübsch.»

Sie ist tausendmal schöner als du. Dachte er. Wenn er kein Feigling gewesen wäre, hätte er es ihr ins Gesicht gesagt. Doch woher wollte sie das eigentlich wissen.

«Sicher hast du an ihr schon rumgefingert.» Sie hörte auf zu kauen und verzog ihre schwarz geschminkten Lippen zu einem Grinsen. Ihr Haarlappen schwang über ihrem rechten Auge hin und her wie ein Vorhang im Wind.

Er fühlte sich ertappt. Ärgerte sich darüber, hätte schreien können. Dachte an das, was gerade geschehen war, an das Gefühl, das es in ihm ausgelöst hatte. Wie kurz vor einer Explosion. Vor dem Durchdrehen. Silke hatte es ihm auf den Kopf zu gesagt. Eines Tages drehst du durch. Wenn du so weitermachst, wird es geschehen. Silke hatte danach eine Pause gemacht, Luft geholt, den Kopf in den Nacken fallen gelassen. Gesagt, dass sie dann aber nicht mehr dabei sein werde. Sondern ganz weit weg, an einem anderen Ort, von dem er nichts wüsste. Dass sein Leben dann nichts mehr mit ihrem zu tun haben werde. Was sollte er auf so einen Quatsch antworten?

Er beugte sich über den Tresen näher zu dem Mädchen. Er wollte, dass es bedrohlich wirkte, aber sie wich keinen Zentimeter vor ihm zurück. Er wollte alles Mögliche zu ihr sagen, konnte sich aber nicht entscheiden. Wartete viel zu lange, bis er seinen Mund überhaupt mal aufbekam. Hörte sich sagen: «Fingere eben gerne.»

Es war idiotisch, so etwas zu sagen, aber es kam aus ihm heraus, ohne dass er es verhindern konnte. Wie gerne hätte er zugeschlagen, wie aus dem Nichts. Unerwartet für sie und ohne zu zögern. Ihr Gesicht lag in seiner Reichweite, war nah genug für einen Hieb mitten hinein. In diese selbstverliebte blöde Fresse.

«Probier's erst gar nicht», sagte sie und schaltete ihn regelrecht ab. Klick.

«Womit?», stammelte er und tat so, als ob er es nicht kapiert hätte. Er wich vom Tresen zurück.

«Mir bist du nicht gewachsen.» Sie deutete mit einer lässigen Drehung des Kopfes hinaus in die Richtung seines Wagens. Mitten durch die Wand, als könnte sie hindurchsehen. «Ihr vielleicht. Aber was ist sie schon? Ein hilfloses Dummchen in einem weißen Kleid, das gar nicht weiß, was sie tut.»

«Du kennst sie doch gar nicht.»

«Ich brauch nur dich anzusehen. Welche wie sie geraten immer an den Falschen. Sie ziehen Typen wie dich geradezu an.»

«Ihr Blut klebt auf meinen Polstern. Was hab ich denn davon?»

«Sie ist schön, sie ist hilflos. Sie ist das, was sich Typen wie du in solchen warmen Nächten wünschen.»

Er wollte sie anschreien, sie irgendwie beleidigen, als er das Navigationsgerät im Regal entdeckte. Das gleiche Modell wie seins. Ein Zettel daneben. *Gebraucht, aber gut. Ohne Zubehör. Nur 99,- €.* Er sprang hin und riss es aus dem Fach.

«Was soll das?», herrschte er sie an. «Das ist meins. Irgendein Penner, der hier herumschleicht, hat es mir gestohlen. Ihr steckt doch alle unter einer Decke ...»

«Neunundneunzig, wenn du es haben willst», sagte sie kühl. «Siehst du das Schild?»

«Ich werde ganz bestimmt nichts dafür bezahlen.»

«Das würde ich mir an deiner Stelle überlegen.»

«Du drohst mir?»

Sie sah ihn nur an, kaute auf ihrem verdammten Gummi herum, glotzte.

«Was willst du denn tun, wenn ich es mitnehme. Hä? Was denn?»

Sie blieb ganz ruhig. «Siehst du dann, wenn du es tust.»

Sie könnte eine Waffe haben, dachte er. Unter dem Tresen versteckt. Ihr würde er zutrauen, ohne zu zögern zu schießen. Er warf das Gerät zurück ins Regal.

«Wo ist hier 'ne Klinik?»

«Gibt's nicht.»

«Dann eben ein Arzt, eine Praxis, irgendwer, der sich mal ihre Füße ansehen könnte.»

Sie zuckte mit den Schultern. «Keine Ahnung.»

«Warum ist dir eigentlich alles so scheißegal? Was willst du damit beweisen? Dass du *cool* bist? Du bist nicht *cool* ...»

«Wenn du es sagst.»

Er rannte zurück zum Wagen. Plötzlich hatte er keine Lust mehr, sich um das Mädchen in dem weißen Kleid zu kümmern. Er spürte eher Ekel, einen tiefen Widerwillen gegen alles, was weiblich war. Er könnte sie dem Miststück an der Kasse vor die Füße legen. Sollte die doch sehen, wie sie damit klarkäme.

Als er die Wagentür öffnete, tropfte Blut über den Schweller auf seine Schuhe. Überall war Blut, es glitzerte im Dunkeln, schimmerte, man konnte es riechen. Es lief aus dem Mädchen heraus, seine Verbände taugten nichts. Ungeschickt versuchte er, ihr zerrissenes Kleid so zu drapieren, dass man nicht gleich ihre Blöße sah. Hatte er das eigentlich getan? Und wann? Vorhin? Er konnte sich nicht erinnern.

Er zerrte sie heraus, wie aus Gummi hing sie in seinen Armen, er trug sie zum hell erleuchteten Eingang, aber die automatische Tür öffnete sich nicht vor ihm. Das Mädchen musste sie ausgeschaltet haben. Er sah sie hinter der Kasse sitzen und in einer Illustrierten blättern. Sie musste geahnt haben, was er vorhatte.

«He! Lass mich sofort rein!»

Sie ignorierte ihn. Er trat gegen die Tür, schrie, aber es hatte keinen Zweck. Er legte das Mädchen auf der Schwelle ab. Sie sah ihn jetzt an, immerzu, direkt in seine Augen. Er ertrug ihren Blick nicht. Es vermischte sich mit Bildern aus seinem Kopf. Bildern, in denen er ihr das Kleid runterriss und nach ihr griff, sie packte, sie biss, sie würgte. Es ihr besorgte. Weil sie es doch brauchte. Weil sie an den Verkehrten geraten war. Weil er ein Dieb war, der sich etwas nahm, was ihm nicht zustand. Weil er etwas Kostbares nur kaputt machen konnte. Es keinem anderen gönnte. Und weil Silke es nicht wollte, dass er so war. Die Blicke dieses Mädchens waren wie Nadelstiche auf seiner Haut. Es tat unerträglich weh. Besser wäre es gewesen, er hätte das Mädchen ins Gebüsch geworfen, fertig.

Er hörte die Kassiererin drinnen lachen. Er stellte sich vor ihr Fenster. Sie beobachtete ihn jetzt wie irgendeinen dämlichen Affen im Gehege. Er nahm eine Plastikflasche Öl aus dem Ständer und schleuderte sie gegen das Glas. Ein dumpfer Schlag, die Scheibe zitterte, läppisch. Ein Primat hatte mit seiner Banane geworfen. Die Kassiererin lachte ihn aus, eine Stimme hell und spitz wie splitterndes Glas.

«Mach auf, du Hexe!» Er trommelte mit den Fäusten gegen die Scheibe. Er wollte dieses Miststück in seine Finger bekommen, unbedingt. Er würde sie fertigmachen, ein für alle Mal.

Sie trat dicht an die Scheibe heran und legte ihre kleinen Hände flach auf die Stellen, wo er gerade seine Hände aufstützte. Sie öffnete ihren Mund dicht vor seinem Gesicht und ihre spitze Zunge schnellte heraus. Die glänzende Kugel eines Piercings glitzerte. Als ob sie ihm einen blasen würde. Sie lachte ihn aus dabei.

Er nahm ein Reifenluftgerät und schleuderte es gegen die Scheibe. Doch außer ein paar Rissen passierte nichts. Er warf den Verkaufsständer um, schlug mit ihm gegen das Glas. Doch das Mädchen lachte immer mehr. Sie fasste sich an ihr Hemd und zerriss es ganz langsam vor ihrer Brust. Ihre spitz aufragenden Brustwarzen waren dunkelviolett geschminkt. Auch dort trug sie Ringe. Sie knöpfte ihre Hose auf und ließ sie über ihre Hüften fallen. Keine Haare, nur tiefdunkle Schminke, als wäre ihr bisschen Weiblichkeit die Pforte zur Hölle. Er zog eine Zapfpistole heraus und spannte den Schlauch so weit es ging, zielte damit auf sie, wollte sie anzünden, drückte ab, aber aus dem Schlauch kam nichts, die Pumpe war abgeschaltet. Sie hielt sich mit den Händen oberhalb am Rahmen fest, spreizte die Beine und presste ihr Geschlecht gegen das Glas. Sie warf den Kopf zurück, ihre Hüften kreisten wellenartig, sie bot sich ihm dar, sie geilte ihn auf, aber er konnte sie nicht erreichen, ein einziger Zentimeter genügte, um ihn zum Popanz zu machen, zur Null, zum Nichts. Eine Witzfigur.

5

Jemand fasste ihm unter die Arme, zog ihn hoch. Er hatte zusammengekrümmt auf dem Boden gehockt und geschluchzt wie ein kleiner Junge, das Gesicht in den Händen vergraben. Zwei Beamte eines Streifenwagens standen neben ihm, das Blaulicht warf tanzende Lichtreflexe auf die Scheiben. Aus dem Inneren des Wagens konnte man den Sprechfunk hören. Sie drehten seine Arme auf den Rücken und legten ihm Handschellen an.

Die Tür zur Tankstelle öffnete sich. Die Kassiererin stand auf der Schwelle, sie trug ihre dunkelbraunen Haare in einem braven Pagenschnitt und sah völlig verängstigt aus. Auch hatte sie einen Kittel mit dem Aufdruck der Benzinmarke an, darunter eine Bluse, eine Jeans. Sie sah aus wie jemand, der am Wochenende Batikkurse besuchte. Das war jemand, den er noch nie gesehen hatte. Einer der Beamten sprach mit ihr, musste sie wiederholt stützen, denn sie zitterte stark. Sie deutete auf ihn und sagte, das sei der Kerl, der ihr gleich so komisch erschienen wäre und hier randaliert hätte. Vorher hätte er getankt, sei aber dann nicht weggefahren. Plötzlich habe er begonnen, sie zu beschimpfen, da habe sie den Türautomaten abgeschaltet, die Polizei gerufen und sich hinten im Büro eingeschlossen. Da gebe es eine massive Stahltür.

Wo war das Mädchen im weißen Kleid? Er sah sich um, konnte sie aber nirgends entdecken. Von der Türschwelle, wo er sie abgelegt hatte, führten Fußspuren weg. Blutrot leuchtend. In kurzen Abständen, ganz kleine Schritte. Sie hatte ihn also die ganze Zeit angelogen, sie konnte sehr wohl noch gehen, sie war nicht hilflos. Die Spuren führten zu einem Van, der an einer Zapfsäule parkte. Das gleiche Modell wie seiner, dieselbe Farbe. Auf dem Armaturenbrett schimmerte ein portables Navigationsgerät. Das war sein Wagen, er erkannte ihn. Nur wer hatte ihn ums Haus herum hierher gefahren?

«Ich wollte nur helfen», sagte er. «Ich kenne die Frau nicht. Sie saß auf der Straße. Sie hatte sich verletzt.»

«Welche Frau meinen Sie?», fragte ihn einer der Beamten.

«Im Wagen. Sie muss in den Wagen gestiegen sein. Sie wird es bestätigen.»

Ein Polizist öffnete eine der seitlichen Türen.

«Hier ist Blut», sagte er und seine Stimme wurde aufgeregt. «Überall Blut.»

«Wegen ihren Füßen. Ich habe versucht, sie zu verbinden. Aber es war zwecklos. Sie blutete und blutete. Darum kam ich hierher ...»

Der Polizist öffnete die Heckklappe.

«Hier ist eine Frau!» Er beugte sich hinein. «Sie ist verletzt. Aber sie lebt.»

«Wer ist das?», fragte ihn der andere Beamte, der neben ihm stand. «Wie kommt diese Frau in ihren Wagen?» Er zog ihn neben sich her zur geöffneten Hecktür.

Warum war das dumme Ding nur wieder da hineingekrochen? Wie sah das jetzt aus? Wie sollte er das jemandem erklären?

Ein Beamter leuchtete mit der Taschenlampe hinein. Die Frau im Wagen hatte kein weißes Kleid an, sie war völlig nackt und halb in eine blaue Plastikplane gehüllt, die mit Klebestreifen seitlich an den Wänden befestigt worden war.

Silke?

Was machte sie dort? War er sie nicht längst losgeworden? Er hatte sie irgendwo im Wald vergraben wollen, er wusste bloß nicht, wo. Aber hatte er das nicht längst erledigt gehabt? Sie war doch jetzt Vergangenheit, sie spielte keine Rolle mehr in seinem Leben. Mit ihrem Tod glaubte er sich endlich frei von ihrem Bann. Und nun sollte sie noch leben? Wie konnte er sich so von ihr täuschen lassen?

Auf dem Rücksitz des Streifenwagens musste er warten, bis der Notarzt eintraf, und mitansehen, wie sich all diese besorgten Menschen in ihren reflektierenden Jacken um Silke kümmerten. Immer ging es um sie. Er schlug seinen Kopf gegen die Seitenscheibe, nicht sehr hart, aber immer wieder. Endlich brachten sie ihn weg. Fuhren zurück auf die Autobahn, in die Nacht, ins Nichts. Huschende Leitpfosten, das Summen des Motors, die gelegentlichen Meldungen des Funks. Einmal glaubte er, das Mädchen aus der Tankstelle stünde dicht am Fahrbahnrand. Ein schmaler, dünner Schemen mit einem hässlichen Haarlappen, der wie ein Vorhang das halbe Gesicht verbarg. Sie grinste ihn an. Solange sie lebten, würde er nie Ruhe finden.

Alles kleine Hexen, dachte er.

Sabrina und ich

Ja, es stimmt, Sabrina und ich haben geheiratet. Oh, bitte, schon gut, machen sie sich keine Umstände, es war mehr eine Notwendigkeit oder wie soll ich sagen, es war in gewisser Weise unvermeidbar. Keine große Feier, nein, nein, mehr so im Privaten, ein kleiner Rahmen, ja, das kann auch sehr nett sein, natürlich. Sabrina geht es gut, danke der Nachfrage, ich glaube, sie ist ein Mensch, der ein lange angestrebtes Ziel endlich erreicht hat.

Wo wir uns kennen gelernt haben? Ich habe noch nie darüber gesprochen, ein wenig ist es mir auch unangenehm, ich bin da etwas altmodisch, doch ich will es Ihnen sagen. Im Internet. Man lernt sich heutzutage im Internet kennen, man *chattet.* Kein Mensch gibt mehr ein Inserat auf. Sie war *Drosselchen,* ihr Bild gefiel mir, sie lächelte darauf fast ein wenig unschuldig. Wir unterhielten uns über alles Mögliche, ich weiß nicht mehr, es ging immer hin und her. Oft langweilt man sich schnell, aber bei ihr war es anders. Sie brach nicht gleich wieder den Kontakt zu mir ab wie so viele der anderen. Das Bild von mir ist auch nicht besonders gut gelungen, mit Selbstauslöser ist es ja nicht einfach. Bald trafen wir uns in einem Café. Ehrlich gesagt habe ich sie nicht gleich erkannt. Das muss daran liegen, dass Bilder einen Menschen oft nicht so wiedergeben, wie er in Wirklichkeit aussieht. Das Objektiv verzerrt die Proportionen oder ich weiß nicht. Jedenfalls war ich enttäuscht. Ich muss das so direkt sagen, es tut mir ja leid, aber es ist doch die Wahrheit. Man macht sich eine bestimmte Vorstellung und ist enttäuscht, weil die Wirklichkeit anders ist, durchaus reizvoll, aber anders. Sabrina war sehr gepflegt, ihr Stil ist nur ein wenig schlicht, oder ich muss mich korrigieren, damit Sie mich nicht falsch verstehen, zurückhaltend. Sie will sich nicht in den Vordergrund drängen wie andere Frauen, mit auffallenden Dekolletees, aus denen die Brüste quellen wie Hefeteig aus der Form. Das ist übrigens so ein Vergleich von ihr, den sie gerne verwendet. Sie spricht sehr anschaulich, müssen Sie wissen. Sabrina ist körperlich sehr zurückhaltend, ja bescheiden, das zeichnet sie aus.

Wir saßen uns zum ersten Mal gegenüber und ich spürte den unbedingten Willen in ihren Augen, diese Kraft. Dagegen bin ich ja eher flatterhaft, ich weiß oft gar nicht recht, was ich eigentlich will, ich steh mir da gern selbst im Wege. Jedenfalls unterhielten wir uns. Etwas stockend, muss ich zugeben, die erste Befangenheit. Sie sprach von ihrem Elternhaus, wenn ich mich recht erinnere. Sie war sehr stolz auf ihre Eltern, am Tisch wurde gebetet und sie hatten keinen Fernseher. Ich fand es mal etwas anderes als das Übliche, was sie sagte. Es war auch so anders als das, was ich selbst erlebt hatte. Meine Eltern sind geschieden, die Kirche bedeutete ihnen nichts, meine Mutter fand einen jugendlichen Freund und ... aber ich schweife ab.

Unser erstes Treffen war nur kurz, denn ich hatte noch etwas vor. Wir verabschiedeten uns mit einem herzlichen Händedruck. Ehrlich gesagt, vergaß ich sie danach völlig, ich schäme mich dafür, ich hätte ihr mehr Respekt erweisen müssen. Sie war es, die erneut die Initiative ergriff und sich meldete. Per E-Mail. Da machte ich einen Fehler, der mir noch heute unverzeihlich erscheint. Sie fragte mich, ob sie mir denn ein wenig gefallen hätte und ich antwortete, ziemlich plump, sie wäre wohl nicht ganz mein Typ. Das musste sie verletzt haben, denn sie hakte sofort nach. Wissen Sie, Ehrlichkeit ist ja so eine Sache. Erst heute ist mir bewusst, dass offene Worte dort ihre Grenzen finden müssen, wo die Rechte anderer beginnen. Ich weiß gar nicht, wie ich es übers Herz bringen konnte, ihr roh zu schreiben, blonde Frauen würden mich stärker anziehen als dunkelhaarige. Sabrinas Haare waren dunkelbraun, fast schwarz. Sie trug sie glatt und im Nacken zum Pferdeschwanz gebunden. Kräftige, gesunde Haare, es stand mir nicht zu, darüber ein Urteil zu fällen. Jedenfalls fühlte sie sich in ihrem natürlichen Recht, anerkannt zu werden, so wie sie war, missachtet. Mir war damals gar nicht bewusst, dass sich etwas geändert hatte. Man muss mit diesen Gedankenlosigkeiten aufhören und vom Einzelnen erwarten, dass er seinen persönlichen Horizont erweitert. Sabrina teilte mir mit, dass sie meine Einlassung ihr gegenüber so nicht hinnehmen könnte, und schickte mir im Anhang einige Links mit, ich klickte mal rein, las etwas von einem «Gleichbehandlungsgesetz ...» und einem «Diskriminierungsverbot», ich kannte das nicht, man ist ja irgendwie träge, man informiert sich zu wenig, sie hatte ja Recht.

Ich traf mich also wieder mit ihr, schon um meinen guten Willen zu zeigen und dem Gesetz Genüge zu tun. Für ihre Haarfarbe konnte sie schließlich nichts und ich musste das einsehen. Wir trafen uns zum Essen in einem italienischen Lokal und diesmal erkannte ich sie auch sofort. Leider war ihr Gesicht mürrisch und verletzt. Der Kellner munterte sie Gott sei Dank etwas auf. In seinem gebrochenen Deutsch-Italienisch wirkte er sehr charmant. Noch während wir auf das Essen warteten, fragte sie mich, ob ich denn auch dem Kellner seine geringen

Sprachkenntnisse vorwerfen würde und lieber eine andere Bedienung als ihn hätte? Ich beeilte mich, dies zu verneinen. Sie nippte an ihrem Wasserglas und fuhr fort, sie würde sich niemals ein Urteil über meine Körpergröße oder meinen unübersehbaren Bauchansatz erlauben. Ich spürte, wie ich rot wurde, mich aber gleichzeitig über diese Worte freute, denn wie Sie sehen, bin ich nicht besonders groß und neigte schon von Jugend an ein wenig zur Fülle. Man hat mich diesbezüglich mehr als einmal gehänselt, und ich konnte nachvollziehen, wie es ihr dabei erging. Sie sagte, man müsse sich endlich von diesen Äußerlichkeiten lösen, es sei ein Gebot der aufgeklärten neuen Zeit, niemandem stehe es noch zu, einen anderen aufgrund von Körpermerkmalen abzulehnen und ihm wichtige Teile am gesellschaftlichen Leben vorzuenthalten. Ich musste den Kopf senken und ihr Recht geben.

Noch während der Hauptmahlzeit überraschte sie mich mit der Frage, wie sie mir denn gefalle. Meine hierauf folgenden ausweichenden Stottereien wollte sie nicht gelten lassen. Körperlich, meinte sie scharf, als Frau. Ich stocherte in den Spaghetti und murmelte, nicht schlecht, ganz normal. Zu klein?, fragte sie. Nein, nein, keineswegs. Zu dick? Sie war dünn wie ein Stecken, ich grinste, dann winkte ich ab und sagte: Aber woher denn. Zu wenig Busen? Ich wunderte mich, dass sie das Wort überhaupt in den Mund nahm. Ist doch nichts dabei, erriet sie meine Gedanken. Zwischen Mann und Frau muss es innerhalb eines gewissen Rahmens auch solche Anziehungskräfte geben, das wäre die gottgeschaffene Natur. Verwirrt starrte ich unhöflich auf ihre Brust. Unter dem dicken Stoff des labberigen Pullovers zeichneten sich kaum Rundungen ab.

Also zu wenig Busen, meinte sie scharf. Na ja, druckste ich rum, ich weiß ja nicht. Du musst das Angebot also erst mal geprüft haben, bevor du dich entscheidest, ist es das? Aber nein, wehrte ich mich verzweifelt, wo denkst du hin, so einer bin ich natürlich nicht, wir kennen uns noch kaum, da sei so etwas doch nicht wichtig. Sie seufzte und schwieg, aß langsam, ganz in Gedanken versunken. Es war unverzeihlich. Auf eine einfache Frage hatte ich ihr nicht vernünftig antworten können. Etwas Wein? Ich schob ihr mein Glas hinüber. Alkohol sei keine Antwort, sagte sie leise.

Ich gab mir schließlich einen Ruck. Ich finde, du bist ein nettes Mädchen. Waren das die richtigen Worte? Ich ergänzte, sie wäre als Frau ebenso viel wert wie jede andere auf dieser Welt. Würdest du das auch zu einem Mann sagen?, konterte sie eisig. Ich verabrede mich eigentlich nicht mit fremden Männern, entgegnete ich verwirrt. Wieso sei sie nur als Frau ebenso viel wert und nicht als Mensch? Wieso maße ich mir ein geschlechtsspezifisches Urteil über sie an?

Tu ich doch gar nicht, beeilte ich mich, trank den Wein und ich muss zugeben, ich wurde ein klein wenig wütend auf sie. Plötzlich sagte ich, ohne nachzudenken, dass es mir leidtäte, aber sie entspräche so gar nicht meinem Bild von einer idealen Frau. Ich könnte das nicht weiter begründen, es wäre eher eine spontane Regung aus dem Bauch heraus, schade, natürlich, aber nicht zu ändern. Nachdem ich das gesagt hatte, winkte ich eilig den Kellner herbei, bezahlte meinen Teil, erhob mich und verließ raschen Schrittes das Lokal. Es war eine Flucht, kein Zweifel. Ich ließ sie gedemütigt zurück. Dennoch fühlte ich mich auf dem Nachhauseweg ein wenig erleichtert. Natürlich rechnete ich nicht mehr damit, noch ein weiteres Mal von ihr zu hören. Doch dann bekam ich diesen Brief von einem Anwalt. Er forderte mich auf, detailliert und rechtsverbindlich zu begründen, warum ich Frau Sabrina Lohmeier zurückweisen würde, gleichzeitig aber durchaus auf der Suche nach einer neuen Lebenspartnerin wäre. Man könne dies durch meine neuerlichen starken Aktivitäten als *Schnuffelchen* auf der Internetplattform *Küsse24* leicht nachvollziehen, auch wenn das Bild, das ich eingestellt hätte, nur wenig Ähnlichkeit hätte. Er stellte klar, dass meine Ablehnung seiner Mandantin wegen äußerer körperlicher Merkmale wie Haarfarbe oder Brustumfang ohne Relevanz seien. Es wäre das Recht seiner Mandantin, als allen anderen Frauen gleichgestellte Person, von mir Anerkennung zu finden. Der Platz an meiner Seite könne darum ebenso gut von ihr ausgefüllt werden, da sie alle dafür erforderlichen Voraussetzungen mitbrächte, als da wären Geschlecht und Alter.

Noch am selben Tag löschte ich meinen Mitgliedsaccount *Schnuffelchen* bei *Küsse24*. Dem Anwalt teilte ich mit, dass ich in keiner Weise die Rechte seiner Mandantin einschränken wollte und mich für meine unüberlegt geäußerten Worte bei ihr entschuldigen würde. Den Platz einer Frau an meiner Seite würde ich jedoch vorerst nicht besetzen wollen, da mich andere private wie berufliche Aktivitäten davon abhielten. Nachdem ich den Brief weggeschickt hatte, konnte ich es mir nicht verkneifen, ganz alleine eine Flasche besten Jahrgangschampagners zu trinken, den ich mir für ein besonderes Ereignis aufgehoben hatte. Meine amourösen Absichten verlagerte ich fortan auf so genannte Single-dating-Partys, wo ich anonym bleiben konnte und behauptete, der Günthi zu sein. Der böse Zufall wollte es aber, dass ich dort eines Tages Sabrina wiedersah. Ausgerechnet, als es mir eine prächtige Blondine besonders angetan hatte und ich sie unübersehbar anschmachtete. Sabrina fotografierte mich mit ihrem Handy. Sie war dort leider nicht ebenso suchender Single wie ich, sondern jobbte als Teilzeitkellnerin. Ich konnte also nicht im Gegenzug behaupten, sie hätte ihre Ansprüche auf mich bereits aufgegeben. Ihre kleinen Augen blitzten mich böse an und schon am übernächsten Tag lag das Schreiben ihres Anwalts in meinem Briefkasten. Eine Abmahnung. Die Summe war so hoch, dass ich mich erst einmal setzen musste. Man ließ mir allerdings eine Hintertür offen.

Eine bescheidene Hochzeit, wie schon gesagt. Ich denke jetzt zuversichtlich, ich werde mich schon noch an sie gewöhnen. Schließlich ist sie in der Tat nicht anders als die meisten Frauen unserer Generation. Sie ist wirklich sehr dünn und ihre Brust, nun ja, Sie werden verstehen, dass Sabrina und ich darüber aus prinzipiellen Erwägungen nicht sprechen. Wie überhaupt über individuell körperliche Ausprägungen. Im Prinzip sind wir Menschen alle gleich, das allein zählt. Wir respektieren die Rechte des anderen. Darum haben wir auch geheiratet. Vor kurzem entfuhr ihr unkontrolliert ein «Typisch Mann», das ich natürlich gleich notiert habe. Datum, Uhrzeit und Anlass der Äußerung. Sie werden das vielleicht übertrieben finden, aber man muss an die Zukunft denken. Auf Sabrinas tägliche Fangfragen wie: *Steht mir das Kleid*, antworte ich prinzipiell nicht mehr, nachdem sie mir ein *Du bist wunderschön* als zynischen Versuch, sie durch unrealistische Übertreibungen zu zermürben, also ein verbales Mobbing, ausgelegt hatte. Regelmäßig jede Woche besuche ich einen Anwalt, mit dem ich meine in Zukunft Sabrina gegenüber geplanten Äußerungen kurz durchspreche und der mich über alle Neuregelungen und Novellierungen auf dem Laufenden hält. Mit ein wenig Glück, meinte er, könnte ich mich vielleicht eines Tages wieder von ihr trennen. Ich hätte bei der Kontaktaufnahme aber schon alles falsch gemacht, was man falsch machen könnte. Jetzt weiß ich das natürlich auch.

Schwierig gestaltet sich der Beischlaf. Die Möglichkeit, fremdzugehen, ist mir im Prinzip nicht mal verwehrt. Eine Diskriminierung ihrer Person ist dann nicht gegeben, wenn ich sie vorher über meine Absichten informiere und sie von ihrem Erstrecht keinen Gebrauch macht. Leider verzichtete sie bisher niemals. Wohl auch, weil sie weiß, dass es mir mit ihr nicht leichtfällt. Mein Anwalt sagt, keinen hoch zu kriegen, sei eine rechtliche Grauzone. Die Experten streiten darüber, ob darin nun eine Missachtung des anderen als sexuell attraktive Person zu sehen sei oder nur ein individuell körperliches Versagen. Es gäbe bereits mehrere Gutachten, die sich aber weitgehend widersprächen. Der Europäische Gerichtshof wird sich damit befassen müssen.

Ich habe mich darum entschieden, mich lieber zu enthalten, in jeder Weise. Ich möchte es als regungsloses Warten bezeichnen. Ehrlich gesagt, erinnert es mich an das Leben meiner Eltern. Auch sie schwiegen sich meist an und gingen sich aus dem Weg, bis sie sich eines Tages trennten. Mir war nie bewusst gewesen, wie modern sie bereits lebten. Dabei mussten sie noch ihre Pässe vorzeigen, wenn sie nur nach Österreich wollten. Sie waren ihrer Zeit ungeheuer weit voraus.

Nebenerwerbsresozialisierung

Gundula hat es jetzt tatsächlich durchgezogen und sich einen geholt. Aus der JVA gleich in ihrer Nähe. Horsti, mehrfacher Raub mit schwerer Nötigung, aber sonst ganz okay, jedenfalls auf den ersten Blick. Außerdem soll man ja keine Vorurteile haben. Gundula hat vorher ihr Arbeitszimmer leer gemacht, das meiste von dem Krempel verkauft, den Computer bei sich ans Bett gestellt und statt der Tür ein solides Gitter montieren lassen. Natürlich musste noch ein Beamter kommen und mit Stempel bestätigen, dass sie alle Anforderungen erfüllte, aber das ging erstaunlich schnell. Die Städte und Kommunen waren ja erpicht darauf, die Strafanstalten zu entlasten und es verstärkt in private Hände zu geben. Gundula bekam für ihren Horsti eine Pauschale. Sie wollte mir nicht sagen wie viel genau, aber sie meinte, es würde sich lohnen, wenn man es geschickt machte und zum Beispiel den Orangensaft vom Aldi nahm. Konnte man dann sogar noch verdünnen, wenn man wollte, fiel nicht mal auf, machten wahrscheinlich alle und Horsti wirkte ja auch nicht wie der totale Orangensaft-Kenner. Beim Brotaufstrich boten sich ebenfalls Möglichkeiten an, aber da experimentierte sie noch und las Fachartikel in der Zeitschrift *Der Hausgefangene*. Für den täglichen Hofgang hatte sie eine Vereinbarung mit der Gebäudeverwaltung über die Nutzung des Innenhofes getroffen. Der eignete sich ganz gut dafür, weil er durch hohe Mauern von den anderen Grundstücken getrennt war und so durch Zufall genau der DIN-Norm für Ödnis und graue Farbe entsprach. Praktischerweise hatte irgendein

Psychopath von Hausbesitzer sogar mal die Reste seiner Bierflaschen oben in den Zement gedrückt. Wer da jetzt drüberkletterte, hatte danach ein Dichtigkeitsproblem.

Horsti durfte sich täglich eine Stunde die Beine vertreten, dafür beseitigte Gundula den Müll, der sich dort über die Jahre angesammelt hatte, und fuhr ihn mit ihrem Panda zum Wertstoffhof. Mit ihren Freundinnen hockte sie öfters im Flur vor der Gittertür und sah Horsti beim Eisenpumpen zu. Er war ja ein mehr körperlicher Typ und den Mädels gefiel das, auch wenn sie es nicht zugaben. Dazu tranken sie dann Kräutertee und hörten Walgesänge, um spirituell auf der Höhe zu bleiben. Manchmal schrieb Horsti auch Briefe an seine Mutti oder irgendeine Verflossene, die aber leider nie Bock hatte, ihm mal zu antworten. Gundula musste dann immer kontrollieren, ob er nichts Verbotenes forderte, zum Beispiel eine Feile im Kuchen oder so. Sie hatte ein Buch mit den ganzen Vorschriften und stöhnte, weil die Paragraphen schwierig zu kapieren waren. Wenn Horsti wieder in seinen schweinischen Heftchen blätterte, kicherten ihre Freundinnen und wurden rot. Ein Höhepunkt für alle waren seine unbeholfen wirkenden Tattoos, die er sich selbst in die Haut ritzte, ohne dabei auch nur die Miene zu verziehen.

Gundula verriet mir mal im Vertrauen, dass Horsti nicht so gerne redete. Das imponierte ihr an ihm. Ich dachte, logisch, da konnte sie umso mehr sabbeln. Mir war er unheimlich. Wenn ich bei ihr im Wohnzimmer auf der Couch fläzte und wir ihren Chai-Tee schlürften, über Gott und die Welt redeten, Bio-Rohkostkekse knabberten und dazu die Räucherstäbchen glommen, konnte ich im Augenwinkel seine behaarten Unterarme zum

Flur hinaushängen sehen und sein leises Summen hören. Ich bat sie mal darum, wenigstens die Tür schließen zu dürfen, aber sie lehnte es ab, da sie stets ein wachsames Auge auf ihn zu werfen habe laut Paragraph Schieß-mich-tot. Ging ich mal an ihm vorbei aufs Klo, raunte er mir dunkel zu, ich solle bloß aufpassen. Es gefiel ihm augenscheinlich ganz und gar nicht, wenn sie Männerbesuch hatte, da wurde er eifersüchtig und litt, aber er durfte sich natürlich nichts anmerken lassen, sonst hätte er womöglich wieder zurück gemusst, und die Sonderbehandlung, die er hier genoss, wäre Essig gewesen.

Gundula zeigte mir mal die Tagesprotokolle, in denen sie festhielt, was es mit Horsti so Neues gab. Meist stand da nur *vortreffliches Betragen*, was aber kein amtliches Adjektiv war, da es nur Stempel mit der Aufschrift *Korrekt* und *Unauffällig* gab. Ich glaube, Gundula war ein einsamer Mensch gewesen, der sich nach einer echten Aufgabe gesehnt hatte. Auch sie wollte schließlich mehr erreichen, als in der Bücherei Schutzfolien um neue Bildbände zu falten.

Eines Tages war ihre Wohnung leer, die Zellentür offen. Horsti und Gundula waren zusammen geflohen. Ich hoffte, sie würde mal 'ne Karte schicken, aus der Karibik oder so, aber dann erfuhr ich, dass sie nicht weit gekommen waren. Hinter dem Kamener Kreuz gerieten sie in einen Stau und der kleine Panda lief heiß. Da drehte Horsti durch, floh panisch über die Sturzäcker und ließ Gundula allein zurück. In ihrem Schmerz verständigte sie die Polizei, die sowieso gerade mit einem Hubschrauber unterwegs war, um das Chaos auf den Straßen zu beobachten. Sie fingen Horsti mit Hilfe eines Narkosegewehrs wieder ein. Jetzt soll er in Schwäbisch Gmünd bei einer Immigrantenfamilie, die aufbessern musste, im Keller sitzen. Gundula schrieb mir in flehendem Ton aus der Haftanstalt, ich solle auch resozialisieren, ich hätte doch noch das Gartenhäuschen, wo früher die Karnickel hausten, da wäre sie gern und wir könnten wieder plaudern wie in alten Zeiten. Ich holte mir daraufhin sogar einen Antrag, doch als ich die vielen Möglichkeiten, die sich sonst noch anboten, auf dem schwarzen Brett studierte, nahm ich nicht Gundula, sondern eine sehr aparte Trickbetrügerin aus der Ukraine namens Nadeschda. Ihr gefiel mein Gartenhäuschen sehr, schon weil es sie an ihre Heimat erinnern würde, wo ja alles noch sehr einfach und primitiv sei. Für ihren täglichen Rundgang unter den Apfelbäumen hindurch muss ich ihr jedes Mal Fußfesseln anlegen. Es entsteht dabei ein Moment großer Intimität, wenn ich das grobe Metall um ihren zarten Knöchel klicken lasse. Manchmal spüre ich ihre kleine Hand auf meiner Schulter und Wärme steigt aus meinem Bauch empor. Vielleicht gerate ich ja auch in Gefahr, mit ihr fliehen zu wollen, doch bisher schreckten mich die Verkehrsnachrichten ab. Durch die vielen LKWs gibt es recht häufig Staus. Außerdem ist das Benzin sehr teuer, da ist schwer einzuschätzen, wie weit man käme.

Also besser nicht.

Aus dem Geschichtsbuch, Stoff der elften Klasse, Leistungskurs:

«Tage des Jammers»

Im 13. Jahrhundert begann eine wachsende Zahl Jammerer* aus dem Böhmischen herüber ins prosperierende Land zu drängen, angelockt vom Versprechen, auch schlecht gelaunt und noch vor dem Frühstück vor Verfolgung sicher zu sein. Anfangs in kleinen Gruppen, die meist aus Familien mit jeweils einer Schwiegermutter bestanden, drängten bald immer mehr herein, schon von weitem erkennbar an ihren großen Hüten und den verdrießlichen Gesichtern. Rasch kam es zu ersten Spannungen mit den ansässigen Nörglern, deren jahrhundertealte Kultur der unbegründeten Unzufriedenheit das Europa des Mittelalters so nachhaltig geprägt und mitgestaltet hatte. Wir verdanken den Nörglern zum Beispiel die spontane Ablehnung, auch bei völliger Unkenntnis der Sachlage und Umstände, ein vorher selbst in der Antike des alten Roms noch weitgehend unbekanntes Verhalten. Nörgler waren es auch, die dafür sorgten, dass es etwa ab dem 5. Jahrhundert kein ausgebautes Straßensystem mehr oder eine süße Nachspeise nach Truthahn geben durfte.

Im 14. Jahrhundert waren die europäischen Städte dann fest in der Hand einer der beiden Gruppen. Die von ihrer Art her oft aggressiveren Nörgler versuchten nun, die Jammerer wieder zu verdrängen. Es kam immer öfter zu spontanen Versammlungen.

---

* auch *Jahmerer* oder *Jämmerer* je nach Region und Zahnstellung

Meist stellten sie sich in kleinen Gruppen vor die Häuser der Jammerer und stimmten ihre gefürchtete Sozialkritik an, die in der Formulierung gipfeln konnte, die Welt sei letztlich nur ein Schleimbatzen, ausgespieen von einem Nörgler. Und darum auch einzig berechtigt, von einem solchen bewohnt zu werden. Daraus leiteten sie das Recht her, Jammerern die Häuser anzuzünden oder ihre Töchter unter Tarif zu entlohnen.

Im 15. Jahrhundert spitzte sich der Konflikt zusehends zu. Nörglern war es gelungen, auf einem Kongress in Klagenfurt führende Herzöge für ein Verbot des Jammerns zu gewinnen. In ihrer Not wandten sich die Jammerer im regnerischen Herbst 1455 an Kaiser Heinrich den Zweifler, von dem sie wussten, dass er der Kultur des Jammerns durchaus zugeneigt war, vor allem nach einem schweren Bandscheibenvorfall. Der Kaiser versuchte zu dieser Zeit gerade, seine schwindende Macht in Spanien durch die Vermählung seiner Tochter mit dem Lieblingshengst der spanischen Königsfamilie zu erweitern. Nachdem ihn die Jammerer zehn Tage bejammert hatten (siehe hierzu auch die sehr schöne Ausarbeitung «Klage Tage» von Professor Dr. Hummel aus Langeweilenbach), sandte der Monarch schließlich eine Staffel seiner Elite-Quengler los. Diese im ganzen Land ob ihrer verbalen Grausamkeit gefürchteten Ritter fielen nun über die Nörgler her und bekämpften sie, wo sie sie trafen. Berühmt wurde hier ein Wortgefecht in den Mauern der Stadt Worms, das sich über mehrere Wochen hinzog und erst endete, als den Nörglern bestimmte Adjektive ausgingen, ohne die sich keine schlüssigen Argumentationsketten mehr bilden ließen. Die letzte Nacht dieser Auseinandersetzung ist als so genanntes *Blutgeschwafel* überliefert und wird in Worms alljährlich traditionell durch das völlige Ignorieren eines vorher gewählten Obernörglers gedacht. Auch werden symbolisch Adjektive verbrannt, die aber der alten Rechtschreibung folgen müssen, an der schon Martin Luther verzweifelte, als er die Bibel übersetzte und in der ganzen Wartburg kein einziger Duden aufzutreiben war.

In der Folgezeit gelang es den Jammerern wieder stärker, in hohe und höchste Ämter zurückzukehren. Die Macht der Nörgler schien gebrochen. Doch auch die Quengler hatten Gefallen an ihrer neuen Rolle gefunden. Ihre wilden Horden konnte selbst der König nicht mehr davon abhalten, auf eigene Rechnung durch das Land zu ziehen und dabei kein noch so kleines Wortgefecht auszulassen. Vormals blühende Landschaften wurden durch ätzende, haltlose Kritik verwüstet und standen bald leer. Selbst der den Quenglern zugestandene Status, in Kernfragen immer Recht zu haben, schuf keine wirklich durchgreifende Verbesserung der Lage, da Quengler auch den eigenen Standpunkt niemals akzeptieren dürfen.

Heute wird unser Leben durchaus noch von diesen alten Traditionen beeinflusst. Die industrielle Revolution machte die Massenproduktion von Ausdrücken wie «Oh meiomei» oder «Bringt doch eh nichts» möglich und für jedermann erschwinglich. Jammern, Quengeln oder Nörgeln ist uns längst so selbstverständlich geworden, dass wir uns der bescheidenen Anfänge kaum mehr erinnern. Moderne Kommunikationsmedien wie das Internet tun ein Übriges, um Übellaunigkeit rund um die Uhr für jedermann verfügbar zu halten.

Aufgabe: *Verfolgen Sie die geschichtlichen Ursprünge von «Keinen Bock auf gar nichts» und stellen Sie diesen in den Kontext der modernen Arbeitswelt.*

Single-Messe

Ich hab das jetzt auch mal ausprobiert. Single-Messe, klingt ja irgendwie ganz verheißungsvoll, so nach Eigeninitiative und Selbstvermarktung. Für Männer ist es zwar teurer als für Frauen, keine Ahnung warum, aber das Starterpaket gab's schon für weniger als hundert Euro. Nur vier Quadratmeter, das ist nicht wirklich groß, aber ich wollte da auch nicht gleich mit dem Möbelwagen vorfahren müssen. Ab sechs Uhr morgens war Aufbau, ab zehn dann Publikumsverkehr. Ich hatte einen Klappstuhl und meine alte Gitarre dabei, ich dachte, das macht sich ganz gut, wirkt locker und so. Ich hatte ehrlich gesagt nicht lange darüber nachgedacht, war auch am Tag vorher etwas versumpft, wie das halt so ist, wenn man alte Kumpels trifft und keinen wirklichen Grund hat, nach Hause zu gehen.

Messehallen sind riesig, das weiß jeder. Aber wenn man erst mal vier Quadratmeter gebucht hat, Halle 7, Gang 34, Zelle 233 links, und selber drinsteht, denkt man anders. So 'ne Halle macht dich richtig fertig, ich meine, wenn man eh nicht über das Megaselbstbewusstsein verfügt so wie ich, dann erschlägt sie dich. Obwohl ich erst um acht Uhr kam, war ich noch viel zu früh. Ich musste ja nur den Stuhl aufklappen und mich draufsetzen, das war mein ganzes Konzept. Voll die natürliche Linie, soll ja jetzt wieder im Kommen sein. Ohne Zusatzstoffe, sozusagen. Im übertragenen Sinne.

Der Typ neben mir hieß Herrmann, hatte acht Quadratmeter und eine Ledercouch. Darauf drapierte der Angeber eine funkelnagelneue *Stratofender* E-Gitarre. Daneben der Kühlschrank, randvoll mit Prosecco-Fläschchen. Er wollte wohl so was wie der *Vollprofi* sein. Anfangs hielt er mich in meiner alten Jeans für 'nen Hiwi vom Messetrupp und quatschte mich an wegen irgendeinem Problem mit der Elektrik, das er nicht in Griff kriegte. Ich sagte, wir seien Nachbarn, und streckte ihm die Hand hin, aber er verzog nur den Mund. Das wäre hier nicht üblich, meinte er, schließlich seien wir alle Konkurrenten und sich jeder selbst der Nächste. Ich schnitt ihm eine Grimasse. Er konnte mir den Buckel runterrutschen.

Gegenüber schlug ein schlaksiger Typ ein regelrechtes Zeltlager auf und machte ganz auf Wüstensohn, *Lawrence von Arabien*, oder was weiß ich. Selbst einen absurd schmutzigen Geländewagen hatte er mitgebracht auf seine größenwahnsinnigen vierzig Quadratmeter. Jeder hämmerte und zimmerte an irgendetwas herum, nur ich hatte nichts zu tun, saß auf meinem Stuhl und zupfte ein paar Standards auf der alten Klampfe. Meine Finger waren ziemlich eingerostet, schon früher hatte ich die Gitarre eher als Deko mit mir rumgeschleppt. Immer wieder musste ich Krempel über die am Boden aufgemalte Linie zurückschieben, man hätte mir sonst gnadenlos meine vier Quadratmeter auch noch weggenommen. Die meisten machten auf originell und hatten sich ein Motto ausgedacht, *Surf mit mir in die Zukunft* oder ähnlicher Stuss, manches reimte sich sogar. Es gab Hallen für bestimmte Einkommensklassen und natürlich teilten sie es nach dem Alter ein. Ich war *Sonstige über Vierzig*, ein *SüV*, und ich brauchte nicht lange, um zu kapieren, dass das hier nicht die beliebteste Halle werden würde, in die sich die Mädels drängen. Mehr so die Loser und Sonderangebote-Ecke.

Es stank penetrant nach Aftershave und Duschgel. Als mich einer fragte, was denn mein Konzept wäre, er könnte es nämlich nicht erkennen, antwortete ich, mir sei es vor allem wichtig, *authentisch* zu wirken. Was das denn heißen soll?, fragte er daraufhin, da musste ich mit den Schultern zucken, ich hatte mir das nicht weiter überlegt. Ohne Konzept, meinte er überheblich, hätte ich hier keine Chance. Die Botschaft müsse sofort rüberkommen, in der ersten Sekunde, zack zack. *Point of interest!* Ob ich davon schon gehört hätte? Der Typ schnippte mit dem Finger und deutete stolz zu seinem Platz hinüber, über dem sich ein fettes Transparent spannte, neonfarbige Großbuchstaben: LOTHAR HAT DICH LIEB! Darunter wartete ein blutrotes Sofa in Herzform auf hübsche Hinterteile, und ein Sektkühler mit Fürst-Schmettermich-Aufdruck stand auch noch rum. Zusätzlich zu dem allem trug der Kerl auch noch einen Blechbutton mit seinem eigenen Logo drauf. Es musste ein Vermögen gekostet haben.

«Das ist natürlich ein tolles Konzept», lächelte ich ihn müde an, und er ließ mich mit den dünnen Worten stehen: «Das will ich meinen.»

Ich musste vor mir zugeben, dass es natürlich schon blöd war, eventuellen Interessentinnen nichts anbieten zu können. Da hatte ich nicht mitgedacht. Aus einem Automaten im Zwischengang zu den Toiletten zog ich mir eine Packung Gummibärchen, das hat früher immer ganz gut funktioniert. Das war zwar auf dem Schulhof gewesen, aber *Mon Chéri* waren schon aus. Um zehn ließen sie endlich die Frauen rein, und sofort brach ein ohrenbetäubender Lärm los. Nicht von den Frauen, versteht sich, das waren eh nicht viele, sondern auf den Ständen. Überall wurde Musik eingeschaltet, GEMA-freies Gedudel, Durchsagen dröhnten, jeder fing wie am Schwarzen Freitag an der Börse zu schreien an. Mindestens eine geschlagene halbe Stunde später irrte endlich mal das erste Doppel-X-Chromosom durch unseren Gang. Mein Nachbar riss gleich seine Stratofendersaiten durch, dass mein Trommelfell vibrierte, kreischende Rückkopplungen marterten unsere Ohren. Die Tussi waren wir daraufhin natürlich wieder los. Von gegenüber drohte ihm einer Prügel an, ich glaube, es war Lothar und seine Botschaft kam echt sofort rüber. Jedenfalls kippte mein Nachbar erst mal alleine ein Fläschchen.

Die nächsten Lebewesen, die entfernt an Frauen erinnerten, waren wohl Freundinnen, jedenfalls klammerten sie sich aneinander, als würde eine allein von uns sofort gefressen werden. In der Mitte des Gangs stolperten sie vorbei, den Blick eisern auf den Boden geheftet. Lothar klopfte auf sein Herzbettchen, ich sah, wie einer Blümchen in den Gang streute, als wäre er ein Faun, und überall ploppten Flaschenkorken und wurden Gläschen rausgehalten. Die beiden Pummelchen konnten es sich wirklich raussuchen, das musste für die doch wie Weihnachten gewesen sein. Ich wusste nicht, was ich tun sollte, ich hatte ja nicht mal an einen zweiten Stuhl gedacht, also spielte ich den Überlegenen, der's nun wirklich nicht nötig hat, und mümmelte ein paar von den Gummibärchen in mich rein, damit wenigstens mein Gebiss beschäftigt war. Langsam verbesserte sich der Nachschub, immer mehr Frauen kamen jetzt, junge und alte, Mütter mit Töchtern, ganze Cliquen, sie rannten an uns vorbei und starrten uns an wie Affen im Zoo. Die meisten hielten sich peinlichst genau in der Mitte des Gangs und wollten uns bloß nicht zu nahe kommen, als hätten wir Ausschlag. Mein Nachbar, der dumme Sack, hatte inzwischen tatsächlich eine auf der Ledercouch sitzen, sie stießen an und er schwallte sie mit Text zu, der für mich sehr auswendig gelernt klang. Gegenüber bei Wüsten-Lawrence füllte sich das Zelt. Er war wohl einer, der fett die Kohle hatte und das auch jedem zeigte, das zog natürlich, und ein paar von den Frauen imitierten sogar Bauchtanz zu seiner Dudelmusik. Lothar blieb bei seinem Motto und hatte alle lieb, aber sein albernes Herzbettchen blieb dennoch verwaist. Ich grinste ihn so lange an, bis er mir die Faust zeigte.

«Was is'n das für'n Stand hier?», baute sich eine vor mir auf und ihre kleinen Schweinsäuglein funkelten mich entrüstet an. «Da ist ja nix gemacht, gar nichts, keine Idee, is das 'ne Verarsche oder was?»

Sie erwartete tatsächlich eine Antwort von mir und ich sagte: «So bin ich eben. *What you see is what you get.* Keine Show bei mir, nur nackte Tatsachen.»

«Von wegen nackt», sagte sie schnippisch und ließ mich stehen. Dabei war es uns ausdrücklich verboten worden, uns auszuziehen, wir mussten das alle unterschreiben. Das war schließlich 'ne seriöse Messe. Bissel Kragen öffnen oder so ging schon, aber Waschbrett war hier eher selten, bei den meisten spannte sich ziemlich das Hemd und am Kragen wuschelte mehr Pelz heraus als weiter oben auf dem Kopf.

Einige stellten jetzt große Glasbehälter in den Flur, und ich kapierte lange nicht, wofür. Doch dann sah ich, wie die Frauen manchmal Sympathiekärtchen hineinwarfen. Die konnte man bei der Messeleitung paketweise kaufen und alles Mögliche darauf ankreuzen. Ich weiß das, weil ich am Nachmittag auch so was bekam. Eine drückte es mir wortlos in die Hand. Da stand unter Bemerkungen: *Dein Stand ist super scheiße*. Scheiße zweimal unterstrichen. Ich bastelte einen kleinen Papierflieger daraus und warf ihn ihr hinterher. Aber da hatte sie schon nebenan den zweiten Piccolo drin und kriegte sich nicht mehr ein mit Giggeln und Gackern.

Am Nachmittag gönnte Lothar seiner Masche ein Update. Er kniete sich im Gang hin und flehte die Frauen händeringend an, von ihm und seiner positiven Botschaft Notiz zu nehmen. Es war ziemlich erbärmlich. Viel Erfolg hatte er damit auch nicht, eine drosch ihm ihre Tüte mit Katalogen drüber, als er sie am Bein festhielt. Beim Wüstensohn kam die Messeaufsicht vorbei, weil seine Wasserpfeife nach allem roch, nur nicht nach Tabak. Außerdem durfte er sein Zelt nicht mehr zumachen, weil sie kontrollieren wollten, was da im Inneren abging.

Als ich später vom Klo zurückkam, hatte mir einer meine Klampfe gestohlen. Mein Campingstuhl stand jetzt nebenan und ächzte unter einem breiten Hintern. Ich tippte der Holden auf die Schulter und sagte, sie solle mir wenigstens ein Sympathiekärtchen schenken, wenn sie sich schon auf meinen einzigen Stuhl setzt. Ihr Blick maß mich so rasch, wie ein Fallbeil zum Runtersausen braucht, und das verknitterte Kärtchen, das sie mir hinhielt, hatte nicht mal irgendwo ein einziges Kreuzchen.

Jetzt war mir alles egal. Ich stopfte mir am Imbiss eine Fischsemmel rein und kippte einen Kurzen hinterher, dann machte ich mich auf den Heimweg. Natürlich nicht ohne dabei in die Frauenhalle U30, also die unter Dreißigjährigen, zu schauen.

Die Halle war gerammelt voll, es war kaum noch ein Durchkommen, um manche Stände hingen ganze Menschentrauben und sabberten sich ein. Mit meinem gepflegten Männeratem machte man mir wenigstens Platz. Manche langbeinige Tussi stand bis zu den Knien in Sympathiekärtchen, die ihr irgendwelche Schwachköpfe zuwarfen. Plötzlich quatschte mich im großen Mittelgang doch tatsächlich eine an und hielt mir ihre Karte hin. Sie war groß und sah ziemlich gut aus, ihr Stand wirkte gut besucht und ich wunderte mich, dass sie überhaupt Zeit für mich hatte. Sie meinte, ich wäre ihr gleich aufgefallen, schon weil mir alles scheinbar ganz gepflegt am Arsch vorbeiginge. Tut es, brummte ich und nahm nicht mal meine Hände aus den Taschen. Sie schob mir ihr Kärtchen in die Brusttasche des Hemdes. Das fände sie gut, meinte sie, es wäre erfrischend, jedenfalls einmalig hier. Ich sagte ihr, na ja, so sei ich halt, ich hätt's eben nicht nötig, wenn sie versteht, was ich meine. Sie nickte und lächelte, dann sagte sie, sie würde mich gerne bald treffen und näher kennen lernen wollen, ob sie mich mal besuchen kommen dürfe? Ich nickte verwirrt und gab ihr meine Adresse. Zum Abschied hauchte sie mir einen Kuss auf die Wange.

Ich denke mal, die Wundergläubigkeit ist uns Menschen irgendwie angeboren, jedenfalls fühlte ich mich danach ziemlich gut. So gut, dass ich tatsächlich noch mal zurück bin und Lothar was von meinem Konzept erzählen wollte, von wegen, wo er doch meinte, ich sei chancenlos und so. Aber Lothars Stand hatten sie mittlerweile dichtgemacht. Er soll ein Netz auf eine Frau geworfen und sie dann auf sein Herzchensofa gezogen haben, ob das stimmte, weiß ich nicht, hat mir jedenfalls einer da zugeraunt.

Zu Hause hab ich dann noch ein wenig am PC rumgeballert. Nach so 'nem Tag unter Männern fühlt man sich irgendwie besser, wenn ein ganzes Bataillon muskulöser Typen im Kugelhagel zerplatzt.

Sie hat mich übrigens wirklich besucht. Sie hieß Sabine. Schon ein paar Tage später schneite sie herein, versprühte ihren Charme und drapierte ihren hübschen, wohlgeformten Körper auf meine alte Cordcouch. Sie wollte nicht lange über meine Hobbys reden, auch nicht übers Wetter oder am Ende gar Gott, nein, sie wollte einen so interessanten jungen Mann wie mich endlich mit den optimal angepassten Anlage- und Versicherungsprodukten ausstatten und erstellte kostenlos und unverbindlich eine Analyse meiner Vermögensverhältnisse. Irgendwann, da rechnete sie gerade irgendeinen Steuervorteil aus, den ich haben würde, wenn die Wirtschaft noch dreißig Jahre so weiterboomte wie zuletzt 1958, sagte ich enttäuscht: «Dann vögeln wir also nicht?»

Der Abend sei ja noch jung, lächelte sie mich an und hielt mir ihren teuren Lamy-Stift zur Unterschrift hin. Ich fragte mich, warum das Leben so ungerecht zu uns Männern war? Eine Antwort erhielt ich natürlich nicht.

Zurzeit mache ich wieder Single-Wandern wie schon mal ganz früher. Da latscht man zusammen mit anderen Fußkranken auf einen Berg und glotzt gemeinsam hinunter ins Tal. Man sagt Dinge wie «Ach, jetzt schaut euch das mal an» und «Nein, wie entzückend» und weiß, dass die anderen menschlicher Ausschuss von des Lebens Resterampe sind und es verdammt nötig haben. Man redet sich ein, dass man selbst nur zufällig dabei ist und jederzeit auch ein ganz anderes Leben haben kann. Die Vögel zwitschern in den Bäumen, über allen Wipfeln ist Ruh', und ob man will oder nicht, selbst im heißesten Hochsommer riecht jeder verdammte Windhauch schon stark nach Herbst.

Tod im Paradies

Als Marie-Anne auf den Fisch trat, wusste sie sofort, was sie erwartete. Es blieben ihr bei ihrem geringen Körpergewicht von kaum fünfzig Kilogramm wohl gerade mal fünfzehn Minuten Zeit, um noch alles zu regeln, was zu regeln war. Zu sagen, was zu sagen war. Zu denken, zu sehen und zu fühlen, was zu denken, zu sehen und zu fühlen sich noch lohnen würde. Sie hatte sich keinen schlechten Platz zum Sterben ausgesucht, die Malediven sind für den, der es sich leisten kann, ein angenehmer Ort. Sie sehen so aus wie die Bilder in den Schaufenstern, vor denen regennasse Passanten stehen, wenn sie an der nahen Haltestelle auf den Bus warten müssen. Der Fisch, auf den sie trat, leichtsinnig barfuß im flachen Wasser spazierend, gräbt sich im Sand ein und lauert auf Beute. Nur seine Augen spähen aus dem Sand heraus und beobachten die Umgebung. Menschen interessieren diesen Fisch nicht, als Beute sind sie ihm viel zu groß, doch auch Menschen werden von seinen Rückenstacheln abgewehrt, treten die Unglücklichen erst auf den vergrabenen Fisch. Es ist seine Art, um nicht selbst zur Beute zu werden, und sie hat sich über Jahrmillionen bewährt.

Marie-Anne trat also auf den Fisch, sein Stachel fuhr in ihre Haut und sein todbringendes Gift würde nun unaufhaltsam eindringen und sich auf die Suche nach ihren Nervenbahnen machen. Durch die Lähmung der Nerven würden alle ihre Muskeln erschlaffen, sie würde in den weichen Sand sinken, zu keiner Regung mehr fähig, die schönen, blauen Augen in den Himmel gerichtet. Dann würde ihr Herz aufhören zu schlagen, die Lungen nicht mehr atmen, das Leben würde sich davonstehlen und fortan nur noch den anderen zuwenden, sie nicht mehr beachten.

Marie-Anne hatte viele Verehrer, natürlich einen Liebhaber und sie war verheiratet. Nicht aus Liebe, eher aus kühler Berechnung, denn viele Möglichkeiten bot ihr das Leben erst, also sich ihr Busen wölbte, ihr Körper streckte, als sie entdeckte, eine Schönheit zu sein, und ihr Aussehen begann, Türen zu öffnen, die anderen für immer verschlossen bleiben.

Der Mann, den sie heiratete, war viel älter, auch kleiner, gedrungen und kräftig. Ein Mann mit wenig Haaren auf dem Kopf, dafür vielen auf Brust und Schultern, graumeliertes Kraushaar auf lederbrauner Haut. Ein Mann, der Millionen verdiente, in dem er mit Problemabfällen handelte, ihre Entsorgung organisierte, mit Politikern und Betreibern von Müllverbrennungsanlagen quatschte. Sicher war manches faul, was er da machte, aber er war amüsant und hatte Geld und ließ sie meist in Ruhe. Er freute sich über ihre glatte Haut und sie blies ihm einen, wenn er aus der Dusche kam. Er stöhnte und sie hoffte, der Schlag würde ihn bald treffen, dann würde sie alles erben, das Geld, das Haus, die Autosammlung.

Sie war auf einen Fisch getreten, auf den sie nicht getreten wäre, wenn sie aussehen würde wie ihre ehemaligen Klassenkameradinnen, die allesamt zu klein, zu dick, zu dämlich waren für ein Leben auf einer imposanten weißen Yacht und die deshalb zu Hause hockten, in der Bank arbeiteten, im Autohaus, im Supermarkt. Die dicke Bäuche bekamen, schwanger wurden, Kinder großzogen, Kinder, die später mal davon träumen, wegzukommen von den Reihenhäusern und Ratenzahlungen und Autos mit geringem Benzinverbrauch. Sie starrte an sich herunter, las das Logo ihres Bikinis, *Escada*, teuer und sexy und wunderschön. Allein die Creme, die sie auf ihrem Körper verteilt hatte, war mehr wert als der Großeinkauf einer Durchschnittsfamilie im Supermarkt zu Hause. Die seewasserfeste Farbe auf ihren Fußnägeln gab es in dieser Saison zum ersten Mal. Der Brillant in ihrem Bauchnabelpiercing stammte aus New York. Die Scham- und Beinhaar-Epilation mittels Lasertechnik hatte so viel gekostet wie ein properer Kleinwagen. Die Silikonkissen in ihrer Brust waren von einem Spezialisten in Paris eingesetzt worden, in dessen Patientenkartei auch Schauspieler aus Hollywood standen. Ihre Zähne hatte ein Prominentenzahnarzt in New York makellos weiß und gerade gerichtet. Ihre manikürten Hände, die Haare, das Rosen-Tattoo auf der Pobacke, all diese teuren und liebevollen Details sollen plötzlich wieder zu Staub werden, verfaulen und sich zersetzen, nur weil ein einziger hässlicher Fisch es so will? Nur darum?

Die Uhr tickte, sie rannte los, noch spürte sie die Wirkung nicht. Sie rannte unter schrägen, vom Wind gebogenen Palmen hindurch zum Haus, ihre Gedanken rasten wie ihr Herz. Was sollte ihr letztes Handeln bestimmen, was sollte sie tun, an wen sich wenden? Natürlich zählten auch Ärzte zu ihren Freunden, doch es gab kaum Mittel gegen das Gift, das wusste sie aus dem Tauchunterricht, nichts würde helfen, keine ärztliche Kunst, allein die Menge des Gifts im Verhältnis zu ihrer Körpergröße und ihrem Gewicht würden entscheiden, ob ihr Herz bald aufhörte, Blut zu pumpen. Doch der Fisch war groß, der Stachel drang tief in ihren Fuß und sie war so dünn wie ein hautüberspanntes Knochengerüst. So ganz anders als ihr massiger Mann, den Fett und Muskeln wie ein Panzer von aller Unbill dieser Welt abzuschirmen schienen. Nichts kann die tödliche Wirkung mehr stoppen, war sie erst einmal in der Blutbahn und auf dem Weg an alle Stellen des Körpers, auch des jungen, schönen, schlanken und begehrenswerten.

Sie rannte zum Haus und dachte an ihren Mann. Sie stellte ihn sich vor, aber er breitete seine Arme nicht aus, um sie zu schützen, er grinste sie in ihren Gedanken nur höhnisch an. Der Mann, der schon Vater war und zotige Witze riss, als der Samen ihres leiblichen Vaters noch verstockt im Hodensack des Pennälers hockte. Der Kerl, der von seiner Jugend erzählte, und es klang, als wäre Geschichtsunterricht und er schon apokalyptischer Reiter im Dreißigjährigen Krieg gewesen. Er hatte seinen alten, leicht nach oben gebogenen Riemen schon in viel rosafarbenes Fleisch gesteckt, auch sie war ihm wohl nicht mehr als nur ein schönes Spielzeug, eine Trophäe, eine junge Tochter, die man ficken darf ohne Skrupel, eine weitere Nummer in einer endlosen Wiederholungsschleife, aber letztlich ersetzbar wie alles.

In den Schulen dieser Welt reifen gerade andere zarte Schönheiten heran, von eifersüchtigen Lehrerinnen beäugt, von grauen, geilen Lehrern begafft, Nachschub für die Reichen und Ersatz für sie. Sollte sie ihm also einfach das Feld überlassen? Sich in den weißen Sand legen, in Schönheit die Augen für immer schließen, eine Randnotiz in der Regenbogenpresse, Biomüll in einem schneeweißen Sarg, von einem schwarzen, chrombehängten Automonster auf einen fernen Friedhof geschaukelt, dazu Musik, Ansprachen, effektheischende Tränen, Blitzlichter, Blumen, dann Erde, Grabstein, Würmer, Stille?

So wollte sie nicht abtreten, dieses Spiel wollte sie ihm nicht erlauben, ihre Eifersucht brannte und war stärker als alle Panik vor dem unausweichlichen Tod. Aus dem Nebengebäude suchte sie den Sportbogen und Pfeile, ein raffiniertes Hightech-Gerät, mit dem sie schon so manchen Gast beeindruckt hatte an lauen Abenden im Garten. Ihr Mann saß in seinem Ledersessel am Schreibtisch im Arbeitszimmer des Hauses, vornüber gebeugt über Papiere voller Zahlen, Chopin hallte durch den Raum und vom Meer wehte ein steter Wind zu den geöffneten Fenstern herein und bauschte die Vorhänge. Sie spürte, wie das Gift sie schon etwas dämpfte, wie ihr die verbleibende Zeit durch die Finger glitt, sie hob den Bogen, legte den Pfeil ein, spannte die Sehne, presste ihr Kinn fest in die Zielvorrichtung, legte noch mehr Spannung vor, fixierte ihr Ziel, den Rücken ihres Mannes, ihres Besitzers, Mösengrabschers, Zechezahlers, Zotenreißers, ließ los, ... sah den Pfeil davonrasen.

Kein Stöhnen, kein Laut drang zu ihr, nichts, was sich gegen das feinmaschige Netz der Töne der Musik behaupten konnte. Der Pfeil schlug ein, blieb in seinem Rücken stecken, löschte aus, wie ein simpler Schalter von einem Zustand in den anderen wechselt, sein Gesicht knallte auf den Tisch, so lag er und so blieb er, unerhört simpel. Er war wohl tot. Aha. Er war schon in jener Welt, die bald auch die ihre werden würde. Die Augen schalteten ab, so Jungs, das war's, Sendeschluss, Licht aus, Heimgehen, leere Räume und niemand mehr da, den man fragen konnte, wie's weiterging.

Jetzt war er Abfall wie der Müll, den er auf seinem Schreibtisch von einer Ecke in der Welt in eine andere schob, dabei die Hand aufhielt und es sich fürstlich entlohnen ließ. All diesen

Dreck würden sich jetzt andere schnappen, das zweite Datum auf seinem Grabstein konnte eingemeißelt werden. Kein Blut pulste mehr in seinem alten Haudegen, kein ranziger Samen spritzte mehr in junge Muschis und versuchte schneller zu sein als die Konkurrenz vom Surflehrer, Pferdetrainer und den anderen fitten, aggressiven Jungs, mit denen sie es schon getrieben hatte. Schneller Sex, um es ihm heimzuzahlen, um ihn zu hintergehen, dem doch alles gehörte und der darum auch alles wieder nehmen konnte. Wegnehmen.

Er tat ihr nicht leid, sie wunderte sich darüber, wie leicht es war, einen Mord zu begehen, Entschlossenheit vorausgesetzt. Aber was hatte sie zu verlieren, jetzt nachdem alles verloren war? Warum sollte er überleben dürfen, wenn sie sterben musste? Jugend stirbt vor dem Alter? Das war noch nie so, davon war nie die Rede gewesen, in der Schule nicht und auch nicht auf den schicken Partys, wo sie rein durfte, weil sie ihren Ausweis stets bei sich trug, im Gesicht, im Ausschnitt, in den Beinen. Weil es ihr Aussehen war, was sie als Guthaben mitbrachte auf diese Welt und es diesem dämlichen Fisch scheißegal war, wer auf ihn drauflatschte, er grübelte nicht darüber, dachte nicht, richtete nicht, er bohrte jedem, der ihm zu nahe kam, seine Stacheln ins Fleisch, ob das nun einen Sinn machte oder nicht. Der Seekuh, dem Strandbuggy und selbst Mutter Teresa, hätte es sie erst mal in diese Gegend verschlagen und sie eine Pause gemacht im unermüdlichen Helfen. Auch ihr hätte es nichts genutzt, ein guter Mensch gewesen zu sein, auch ihr wäre der Stachel und das Gift ins Fleisch gefahren, auch ihr hätte das Schicksal *Adios* zugerufen und den Vorhang fallen lassen. Auch ihr.

Wer sich nicht wehren kann, wird vernichtet, das ist wohl das blinde Gesetz der Natur. Warum war sie nicht mit einem Pferd den Strand entlanggeritten, glücklich im Sattel sitzend das flache Wasser aufpeitschend, das Pferd hätte mit seinen Hufeisen diesen blöden Fisch auf immer in den Sand getreten und würde es nicht einmal merken. Doch es gab keine Pferde hier, die Inseln sind zu klein, so hängt alles letztlich von Zufällen ab.

Sie rannte zum Strand, nahm den Bogen mit, schleuderte ihn ins Meer, ins türkisfarbene, 28 Grad warme Meer, mitten ins Paradies, wenn man es sich leisten kann. Sie fand ihr Handtuch und ihre Badetasche, holte die Sonnenlotion heraus und begann sich einzucremen. Es war sinnlos, aber ihre Hände zitterten und sie wollte sich beschäftigen und so tun, als würde sie alles nichts angehen. Der Fisch, das Gift, der Mord, – was? Fische sind dort? Giftige Fische? Ein Mord ist geschehen, sag bloß ... – weiß man schon, wer der Täter ist? Ach so? Aha! Interessant.

Sie cremte sich also ein, Lichtschutzfaktor zehn, sie war längst braun wie Mokkatorte, sie legte sich auf das Handtuch wie eine Schönheit, die ein wenig in der Sonne dösen möchte, dem Abend entgegendämmern, an dem sie dann in kurzem Rock wieder Hälse verdreht, Eifersucht weckt, Spannung in Herrenunterhosen bringt.

Der Tod wird sicher irgendwann kommen, aber der alte Sack ist vor ihr gegangen, wenigstens das, dachte sie befriedigt, kann er im Leichenwagencadillac neben ihr liegen, wie rührend. Sie lag dort am Strand und sah die Wolken ziehen, doch nicht der Tod kam zu ihr, groß und schwebend und endgültig, sondern nur Raschid, der Hausmeister, klein und dünn und gelenkig. Raschid schrie, der Patron wäre tot, ermordet im Arbeitszimmer. Er war ein hässlicher Kerl mit wenigen Zähnen und seine Stimme machte ihr stets Kopfweh. Als sie sich erhob, zitterten ihre Beine, sie fühlte sich schwach, elendig schwach und nicht in der Lage zu gehen. Doch sie folgte ihm verbissen, stolperte hinter ihm her ins Haus, sah dort ihren Mann unverändert, seine Augen starr auf die Tabellen gerichtet. Sie wartete ruhig, während Raschid wie im Fieber atemlos auf ihren toten Mann einredete. Als könnten seine Worte ihn von der Unsinnigkeit seines Todes überzeugen und wieder erwecken, zurück in die Welt und zu seiner Frau, die ihn nur ansah mit kalten Augen. Zum ersten Mal blitzte da in ihr der Gedanke auf, kein Tod würde zu ihr kommen, nicht jetzt und nicht heute, das Leben könnte auch einfach bei ihr bleiben und sie zur Herrin eines großen Vermögens machen.

Denn der Tod aus den Stacheln des Fisches ließ auf sich warten, kam nicht, zeichnete sich nicht ab, so wie sie immer sagen. Vielleicht war es auch eine andere Sorte von Fisch gewesen, einer mit Stacheln, aber ohne Gift oder sie war auch nur auf eine zerbrochene Muschel getreten, auf einen Kronenkorken, Nagel, Glassplitter, was auch immer. Es hatte gestochen und gebrannt, der Steinfisch war wütend aus dem Sand gefahren, um sich woanders ein ruhigeres Plätzchen zu suchen, und sie war in der Gewissheit zurückgeblieben, jetzt sterben zu müssen, mitten im Paradies.

Wenn sie aber nicht ihr Leben verliert, sondern durch ihre wahnsinnige Tat, in die sie die Todesgewissheit und die nicht zu bändigende Gier nach Rache getrieben hatten, dann verliert sie jetzt die Häuser, den Luxus und die Autos, die goldene Kreditkarte und die Einladungen zu exklusiven Strandpartys. Ihre Schulfreundinnen würden sich das Maul zerreißen, denk dir nur, wie es ihr ergangen ist, da ist es doch tausendmal besser gewesen, hier zu bleiben, bei Grillabenden im Reihenhaus, bei Salzstangen und Fassbier und dicken Bäuchen, in denen neue Kinder darauf warten, herausgelassen zu werden, um später mal nach der Quälerei mit Schule und Regel, mit Akne und Essstörungen als Nummerngirl im Weltgetriebe Garantieanträge abzuschmettern, Mahnungen zu tippen, 0190-Nummern zu bedienen, ins Telefon zu stöhnen, ja ich bin heiß und nass zwischen den Schenkeln. Tausendmal besser ist das, als sich in eine Welt zu verirren, die uns nicht annimmt und in der unsere Seele zerstört wird, bis sie zu morden bereit ist, stell dir nur vor. Sie sah ihre rotbäckigen Freundinnen kichern und ertrug diese Vorstellung nicht. Nein, hört auf, lasst mich in Ruhe.

Sie stahl sich durch die Küche in die Villa davon, flüchtete vor dem starren Blick des Toten, der ihr so fremd schien und immer noch bedrohlich. Was würde passieren? Irgendwann, nach dieser kurzen Zeit des Innehaltens, wenn man das Schicksal herausgefordert hat und sich bald die Kräfte sammeln, um zurückzuschlagen? Denn auch hier werden die Toten nicht einfach verscharrt. Auch hier werden Fragen gestellt und sie werden wissen wollen, woher der Pfeil kam und wer ihn zuletzt in Händen gehalten hat.

Sie eilte zum Strand, taumelnd und kopflos, trampelte dort im flachen Wasser herum. Sie kreischte, war außer sich, suchte den Fisch, irgendeinen Fisch, suchte Stacheln, giftige Stacheln, fand aber nur weißen Sand, warmen Wind, türkisfarbenes Wasser, gelbrote Sonne fern hinter Abendwolken. Sie verfluchte dieses gottverdammte Paradies, in dem sie nur Angst gelitten hatte, es eines Tages wieder verlassen zu müssen, ausgestoßen zu werden, ersetzt, war 'ne schöne Zeit mit dir, Kleines, *hasta la vista*, mach's gut.

Als Raschid kam, hatte sie sich schon wieder einigermaßen beruhigt. Der kleine, dunkelhäutige Inder starrte sie an, senkte seine Augen erst, als sie ihn mit stahlblau kaltem Blick bannte und ihr Oberteil wieder zurechtrückte, aus dem eine ihrer vergrößerten Brüste hing wie ein mit Wasser befüllter Ballon. Er sagte, er hätte den Patron auf die Yacht gebracht und wolle zur Hauptstadt, in ein Krankenhaus. Sie sagte, er ist tot, und blieb stehen. Raschid zögerte, sie spürte, wie der kleine Kerl nachzudenken begann, über den Pfeil und den Schützen und wer es wohl getan haben konnte. Sie zuckte zusammen, als er sich abrupt umdrehte und zu laufen begann. Wie ein Fliehender, getrieben von der Angst vor ihr, wie lächerlich das war. Oder nicht? Er würde zum Boot laufen und fortfahren, klar, aber sollte sie mit ihm fahren? Was würde er in der Hauptstadt erzählen? Und wem? Wer würde dann hier erscheinen und Fragen stellen? Oder würden sie sie gleich in Handschellen abführen, in ein stinkendes Loch stecken, schlagen, begrabschen, ficken, eine blonde Trophäe, größer als alle Männer hier, schlanker als ihre Frauen, schöner sowieso, außer man findet schön, was andere nicht mal beachten würden. Sollte sie warten, einfach nur warten, auf das, was vielleicht kommen mochte? Oder sich im Bad die Pulsadern aufschneiden, verbluten, nur weil ein alter Sack nicht mehr am Leben ist, einer, der doch lange gelebt hatte und das nicht schlecht, fast sechzig Jahre, immerhin, wegen so einem sollte alles vorbei sein, jetzt, wo der Fisch sie nicht töten konnte und sie leben durfte, einfach leben.

Sie fühlte sich plötzlich stark und setzte dem kleinen Hausmeister hinterher. Sie sah, wie er die Leinen des Bootes löste und an Deck warf, sie sah ihren Mann, sein Körper lag im Heck auf der Sitzbank, ein Tuch darüber. Wie hatte dieser dünne Kerl nur diesen Brocken Mann bewegen können? Mit der Sackkarre? Raschid startete gerade die Maschine, als sie das Boot erreichte und zu ihm an Deck sprang. Er beachtete sie nicht, sondern wendete das Boot und ließ es mit dumpf grollenden Motoren zum Ausgang des Atolls gleiten. Als sie das offene Meer erreichten und Raschid beschleunigen wollte, hieb sie ihm von hinten den Bleigurt einer Tauchausrüstung über den Schädel, er sackte zusammen und sein Blut hatte drollige Muster auf ihre Haut und die weißen Armaturen des Bootes geworfen. Er tat ihr nicht leid, er fiel einfach nur um. Wie Männer eben sind, dachte sie, wollen stark sein und mächtig und halten dabei nichts aus, sacken zusammen, wenn es drauf ankommt, sagen nichts, haben nichts zu sagen, auch nicht im letzten Moment, wie einfach und banal. Wie grotesk. Wieder war sie überrascht, wie leicht es war. Das bisschen Schlag auf den Kopf reichte schon, dieser lächerliche Moment entschied über Leben und Tod, welche Farce.

Sie drückte den Gashebel auf volle Beschleunigung und sprang dann vom Heck des Bootes ins warme Wasser. Zum Strand war es nicht weit und das Wasser würde ihr auch das Blut abwaschen. Sie tauchte auf und drehte sich auf den Rücken, das Boot war schon ein gutes Stück entfernt, die Schnauze stolz emporgereckt, die Gischt brodelnd am Heck, ein schnittiges Boot, wie eine Pfeilspitze geformt und jetzt unterwegs in die Nacht. In dieser Richtung gab es wunderbare Riffe, nur ein paar Kilometer entfernt, sie waren oft zum Tauchen hingefahren, einen Fresskorb dabei, nur sie und ihr Mann. Diese Riffe sind gefährlich, man muss wissen, wo sie liegen, denn sie verstecken sich ein paar Zentimeter unter der Wasseroberfläche und ein Schiff, das sie in voller Geschwindigkeit überfährt, wird aufgerissen wie eine Konservendose, von vorne bis hinten, es sinkt in Sekunden, unrettbar. Vor diesen Riffen haben auch Einheimische großen Respekt. Der Alte hatte ihr oft Angst machen wollen, war forsch auf die Riffe zugefahren, hatte erst spät das Gas zurückgenommen, sich lustvoll an ihrem verstörten Gesicht geweidet und gelacht. Das Boot dann herumgerissen, den Anker geworfen und sie auf die Sonnenbank gedrückt, los, lass es uns machen, Kleines. Geil geworden durch ihre Angst.

Sie schwamm zum Anlegesteg und wenn sie die Augen schloss, spürte sie seinen Atem auf ihrer Haut, hörte sein brünstiges Grunzen und sah den Himmel sich hin und her bewegen im Takt der Wellen und der Stöße. Sie stieg an Land, war jetzt allein auf der Insel, erst morgen würde ein Versorgungsboot kommen und die Hausmädchen wieder bringen, die am Nachmittag immer die Insel verlassen, heimfahren zu ihren Familien. Sie zog den Bikini aus, duschte sich am Strandhaus, blieb nackt, denn warum sollte sie sich anziehen, keiner war mehr da, der sie noch sehen konnte. Die Nacht kam schnell, die Dämmerung ist hier nahe dem Äquator nur kurz, Wind kühlte ihre Haut und sie fühlte Erleichterung in sich. Die Aufregung und das Pulsieren des Adrenalins in ihrem Blut legten sich, sie war allein, aber auch frei, losgelöst von einem Leben, das sich zufällig ergeben hatte und das sich zufällig auch wieder veränderte. Wie eine Fremde war sie darin herumgestolpert, voller Misstrauen vor dem nächsten Tag, vor einer neuen Konkurrentin oder der Zeit, die nur alt macht und sonst zu nichts nütze ist.

Am nächsten Tag fuhr sie mit dem kleinen Boot, das die Mädchen brachte, zur Hauptstadt und meldete dort bei der Botschaft und der Polizei das Verschwinden ihres Mannes und des Hausmeisters. Sie sagte, die beiden wären zum Angeln rausgefahren, einen Fisch für das Abendessen besorgen, aber sie sind nicht wiedergekommen und sie sei nun in großer Sorge, wo es doch so viele Riffe gibt und ihr Mann, der Draufgänger, oft leichtsinnig sei. Der Botschafter sprach ihr Trost zu, wollte sie beruhigen, aber sie ließ sich nicht beruhigen, spielte ihre Rolle gut, spielte sie tagelang, bis man ihr riet, nach Hause zu fliegen, schließlich habe man volles Verständnis dafür, eine so junge Frau ganz allein auf der Insel, der Mann wohl verunglückt, ertrunken im Meer, das hält niemand lange aus.

Sie reiste ab und wunderte sich wieder, wie leicht alles war. Sie regelte den Nachlass, erhielt nicht das ganze Vermögen, denn sein Testament sprach vor allem von einer Stiftung, die gemeinnützig etwas schaffen sollte, was ihn überdauert. Sie kam aber nicht zu kurz, er bedachte sie großzügig mit Haus, Geld und ausgewählten Kunstobjekten aus seiner Sammlung, meist jene, die sie immer heuchelte zu lieben, weil sie viel wert waren und sich leicht transportieren ließen. Das Boot wurde nie gefunden und doch blieb das Gefühl einer uneingelösten Schuld ihr ständiger Begleiter, den sie nicht abschütteln konnte.

So zogen Formulare, Notare, Nachlassgericht, ein rühriger Anwalt und ein paar bescheuerte Verwandte, die sich nur für ihren

Anteil am Vermögen interessierten, an ihr vorbei wie Wolken am Himmel. Noch lange erstarrte sie beim Näherkommen von Polizeisirenen und dachte, jetzt ist es also so weit, die Toten im Meer entdeckt, die Mörderin enttarnt, das letzte Wort noch nicht gesprochen. Doch die Polizeisirenen entfernten sich stets wieder schnell, nie hielt ein Wagen vor ihrer Tür und sprangen uniformierte Männer heraus. So hatte sie Zeit, auch ihre Freundinnen zu besuchen, die Reihenhäuser abstotterten und runde Bäuche bekamen, und sonnte sich eine Weile in ihrem glühenden Neid.

Es lastete etwas Schweres unter all diesen kleinen, roten Dächern. Wenn sie wieder ging, hinausstöckelte und in ihren schwarzen Sportwagen stieg, spürte sie die giftigen Blicke der Freundinnen in ihrem Nacken, die ihr hinter Vorhängen versteckt nachstarrten und mit zusammengepressten Lippen hinterherzischten: *Schlampe!*

Sie lächelte nur. Was für ein passendes letztes Wort.

Unschärfe

Connie wie immer voraus, der ewige Erste. Fussel hinterher, die Dampflok, keuchend, jeder Schritt ein Sieg über die Schwerkraft. Was für ein Schwachsinn, ausgerechnet auf diesen Berg steigen zu wollen, während sich die anderen unten im Tal einen einschenkten und ihren Kater mit *Zipfer* beruhigten. Aber Connie hatte eben diese Art und er mochte ihn, folgte ihm wie ein Dackel seinem Herren, immer hinterher, Connie war schließlich sein Freund, einer der wenigen, die er hatte, weil er auch nicht mit jedem konnte und es überhaupt nicht leicht war, einen Draht zu anderen zu finden. Doch jetzt war erst mal Schluss, er konnte nicht mehr, sein Kopf würde jeden Augenblick platzen, das Blut presste sich zäh durch seine Schläfenadern, sein Herz, dieser kleine, untrainierte Muskel, hämmerte wie ein Mopedmotor inmitten einer Lastwagenkarosserie, alle Systeme komplett im roten Bereich. Er ließ sich auf einen Grasbuckel plumpsen, Steinchen bohrten sich in seinen Hintern, es war ihm egal, bunte Lichtpünktchen tanzten wie Mücken vor seinen Augen, Bergsteigen, leckt mich doch alle, was für ein Scheißvorhaben, also nee. Er kramte mit seinen Wurstfingern in den Jackentaschen. Drops, Zigaretten, irgendwelche Tablettenstreifen, er nahm so viel gegen alles Mögliche, was war das? – Kaugummi? – danach war ihm nicht, das? – ein Schokoriegel? – schon eher, die Packung fühlte sich zerdrückt an, geschmolzen von der Körperwärme und dann beim Hinsetzen verbogen, er zog ihn heraus, riss ihn auf, stopfte ihn in den Mund, kaute, ein wohliger Schokoflash, er sah Connie dabei zu, wie der wieder zurückkam, sicher gleich ’nen Spruch ablassen würde, aber er fühlte keine Kraft, sich dagegen zu wehren, sah lieber den glitzernden Mücken hinterher, so war’s eben.

«Was ist los? Schon am Abschnappen? Wir haben nicht mal die Hälfte geschafft.»

Das war er also, der Spruch, bestens, hatte er den schon mal weg. Kauen, schlucken, die Zunge badete im süßen, angespeichelten Brei. Kannst mich mal.

Connie stellte sich neben ihn, ganz der lässige Dynamiker, Stand- und Spielbein, den Blick ins Tal, Hollaridullijöh, Scheißberge.

«Geh schon vor und grüß den Gipfel von mir.»

Connie lachte. «Nee, Alter, heute nicht, heute hast du keine Chance. Ich will, dass du am Abend den anderen sagen kannst, seht dort hinauf, seht diesen Berg an, auf dem war ich nämlich, Connie ist mein Zeuge, ich hab’s geschafft, ich hab ihn bestiegen und euch verdammten *Schwachmaten* wäre garantiert die Puste ausgegangen.»

Als ob den anderen das etwas bedeuten würde. Sie würden denken, armer Irrer, da war ich lieber hier unten und hab’s krachen lassen. Es wäre ein Sieg ohne Publikum. Er brummte angewidert.

«Nun komm, lass uns weitergehen ... komm schon.»

Kapierte der denn nicht, dass sein Körper für so etwas nicht gemacht war? Für Connie war es natürlich leicht. Der federte hinauf und wieder hinunter, alles kein Problem, *patoing-patoing-patoing* wie irgendeine dämliche Zeichentrickfigur.

«Trink einen Schluck.» Connie hielt ihm die Wasserflasche hin, *Volvic*. Voll-Fick.

Fussel trank und das verdammte Wasser spülte die herrliche, klebrige Süße aus seinem Mund, als gehörte die weggewaschen. Es erinnerte ihn an seine Mutter, die jeden Morgen die zart umhegten, warmdösigen Traumgespinste mit Hereinrumpeln, Rollladenhochfetzen und Fenster-zum-Lüften-Aufreißen vertrieben hatte. Huhu, die Wirklichkeit ist wieder da. Als ob die irgendwer bräuchte. Nach seiner Mutter kam Kälte, Schule und ein ständiges schlechtes Gewissen. Kam ein triefiges Spiegelbild im Bad, hallo Klotzkopf, Mondgesicht, Fleischbacke.

Er raffte sich hoch, Schweiß verklebte seinen Rücken, ließ kalte Schauer wie Schlechtwettergebiete darüber ziehen, wenn durch irgendwelche Öffnungen Wind eindrang.

«Also weiter, Alter», befahl Connie, drehte sich um und lief los.

«Muss noch pissen.»

«Dann mach hin.»

Fussel verließ den Weg, stellte sich abseits vor irgendwelches verhutzeltes Zeugs und während es lief, sah er sich um, entdeckte er ein Stativ und eine Kamera, dachte erst, die wäre auf ihn gerichtet und zuckte zusammen, aber das winzige Objektiv zeigte woandershin, zu Bäumen, Sträuchern. Undeutlich gab es da noch etwas, es lag auf dem Boden, vielleicht ein Pärchen, das es trieb und sich dabei filmte, hä, hä. Natürlich würde er sofort nachsehen.

Connie war bereits wieder um die nächste Kehre verschwunden, soll er, für ihn gab es Inga, die unten wartete und top aussah, er konnte es jeden Tag haben, live und in Farbe. Das Stativ, ein spinnenbeiniges Gestell, stand auf einem Felsvorsprung, die Kamera war auf eine gewaltig emporragende graue Steinnase gerichtet, die sich vom Hang weg hinaus in den Himmel streckte und unter der sich das ganze Tal ausbreitete wie eine Spielzeuglandschaft. Was er auf dem Boden liegen gesehen hatte, war nichts weiter als ein Trekkingrucksack, kein Pärchen im Clinch, ja-ja-ja, schade. Also zurück und weiterlatschen, Connie folgen, Herzinfarkt kriegen und auf einen Hubschrauber hoffen. Wieso war hier eigentlich keiner, so 'ne Kamera ist schließlich teuer. Also doch ein Pärchen, nur haben sie die Landschaft gefilmt und als das erledigt war, sind sie übereinander hergefallen, aber abseits, in einer Nische, einem Winkel, damit sie keiner dabei sieht. Es könnte auch sonst wer sein, ein Oberstudienrat aus Bad Furzheim, der sein Jahrhundertmotiv entdeckt hatte, bloß kurz mal kacken musste und gerade seinen weißen Arsch rausstreckte.

Fussel kramte unentschlossen in seinen Taschen, fand die Tabletten, fand Kaugummis, fand einen Drops, zog ihn heraus, wickelte ihn auf, stopfte ihn in den Mund, warf das Papier fort, Waldmeister, herrlich. Seine Zunge schob ihn hin und her.

Er schaffte den Berg tatsächlich. Irgendwann war er oben angekommen, Connie hatte ihm auf die Schultern geklopft und gratuliert. Monte Fleischklops, er hatte Tränen der Rührung in den Augen gehabt. Sein Mopedherz hatte keinen Kolbenklemmer gekriegt, seine Taschen waren längst leer gefressen, die glitzernden Mücken tanzten freudig im Himmel und jubilierten, und er genoss den ersten selbst erkeuchten Bergblick seines Lebens, na bitte. Aber mehr war es auch wieder nicht. Doch was danach kam, war nicht lustig. Der Abstieg war nämlich noch viel mühsamer als der Aufstieg. Das Herz hatte es zwar leichter, tuckerte fast im Leerlauf und die Lungen quietschten und rasselten nicht mehr, aber dafür meldeten sich die Knie, funkten Alarmbotschaften ins Hirn, keine Schmierung mehr, Überhitzung!, *Code Red*, bald fing er an, die Schritte zu zählen. Auch sah er nicht genau genug, wohin er trat, seine Wampe und die Schräge des Pfades machten es unmöglich, er stolperte ständig, knickte um, taumelte und wankte zu Tal wie ein seltsames Monstrum, zum Kotzen. Connie natürlich wieder weit voraus, patoing-patoing-patoing, das Sprungfeder-Männchen, wie ein Astronaut auf dem Mond. Das Stativ mit der Kamera stand noch immer da, er sah es im Vorbeigehen, wunderte sich, fand es komisch, blieb stehen und rief dem Astronauten «He, wart mal!» hinterher.

Die Kamera, der Rucksack, die Felsnadel, nichts hatte sich verändert, alles wie vor drei Stunden, aber so lange brauchte doch keiner für Sex oder um mal 'ne Wurst beiseitezustellen, auch ein verhuschter Oberstudienrat nicht.

«Hallo?»

Seine Stimme war nicht laut, eher unentschlossen, denn was ging es eigentlich ihn an und was sollte er sagen, wenn plötzlich einer auftauchte? Personenkontrolle, die Ausweise bitte? Ha, ha.

Hier war niemand, er sah sich um, allzu viele Möglichkeiten, sich den Blicken anderer zu entziehen, gab es auch wieder nicht.

«Hallo?»

So etwas vergisst doch auch keiner. Er stellte sich neben die Kamera, weil er sich dachte, dass doch die meisten Angst um ihren Kram hatten und auftauchen würden, wenn sie einen wie ihn danebenstehen sehen würden. Es war eine kleine Sony-

Videokamera mit eingebauter Festplatte, ein neues Modell, nicht gerade billig. Der herausgeklappte Sucherbildschirm war dunkel. Vorne auf dem Weg sah er Connie nach ihm suchen und rief ihn.

«Was machst'n da?»

«Nix.»

Connie war ziemlich genervt. Sicher wollte er endlich runter ins Tal zu den anderen, zu Inga und Party, chillen und kippen, stattdessen musste er auf einen Elefanten warten, Hannibal überquerte die Alpen oder so.

«Hier ist keiner», sagte Fussel. «Vorhin, als ich pissen musste, war hier auch keiner. Ist doch komisch.»

«Wieso ist das komisch?»

«Na, die Kamera und der Rucksack. Das lässt man doch nicht einfach stehen und geht davon. Da passt man doch drauf auf.»

«Was juckt uns das? Nun komm endlich, Inga simst mich schon die ganze Zeit an, wo wir eigentlich abgeblieben wären.»

Fussels Knie sendeten rhythmisch stechende Signale zur Kommandobrücke im Kopf. Es klang verschärft nach SOS.

«Die soll sich nicht so anstellen», knurrte er. Inga mochte ihn nicht, das fühlte er. Inga war außerdem vom Frauenplaneten, den solche wie er nicht betreten durften.

«Da hat einer diese Felsnadel gefilmt», sagte Connie und wollte durch den Sucher sehen. Aber der war ja dunkel. «Vielleicht mit sich selbst als Hauptdarsteller ... wegen dem Stativ.»

«Und ist abgestürzt, was?» Fussel grinste.

«Dann wär's da jetzt drauf.» Connie deutete auf die Kamera.

«Wär'n Ding.» Fussel fand es absurd. Doch irgendwie auch vorstellbar. Trotzdem ...

Connie drückte an der Kamera auf einen Knopf. Im Sucher erschien ein Text, dann ein Bild, die Felsnadel.

«Spul zurück», sagte Fussel.

Connie sah sich erst um, es war ihm unangenehm. Aber dann ließ er die Aufnahme rückwärtslaufen. Nur die Wolken zeigten ein wenig Bewegung, mal wirkte die Felsnadel trüb und mal gleißte sie im Licht der Sonne. Minutenlang ging das so.

«Spannend», meinte Connie.

Plötzlich erschien jemand im Bild, ein Typ, nicht mehr jung, aber drahtig, schlank, sicher mit Knien aus Titan, dachte Fussel, bevor er «Stopp!» rief.

«Seh ich doch.»

Der Typ hampelte auf der Felsnadel herum und redete zur Kamera, die Aufnahme wirkte unscharf und war von Gegenlicht überstrahlt, der Mann ein dunkler Scherenschnitt vor dem Himmel. Leise war seine Stimme zu hören. Von einem Moment zum anderen war er weg, einfach so, ohne Ankündigung.

«Was ist denn jetzt mit dem?»

«Was weiß ich.»

Connie spulte wieder zurück. Der Typ hampelte, wupps, weg.

«Mach noch mal.»

Zurückspulen, lauschen. Nein, kein Schrei, nichts, nur vorher ein paar Worte, weg.

«Der muss da oben auf diesem Ding rückwärts ins Leere getreten sein», sagte Connie, ließ die Kamera los und sprang zur Felsnadel. Fussel sah ihn nicht auf dem Sucher der Kamera, es wirkte komisch, denn es war dasselbe Motiv. Vorsichtig kletterte Connie hinauf, ging oben in die Knie, stützte sich mit den Händen ab.

«Hier hinten geht's ganz schön runter», rief er Fussel zu.

«Kannst du ihn sehen? Liegt er da irgendwo?»

«Nein.»

«Wie hoch ist das?»

«Schon ein paar Meter. Dann kommt ein ziemlich steiles Stück Wiese und danach eine Kante, über die man von hier aus nicht sehen kann. Wenn er da drüber ist, dann gute Nacht, würde ich sagen.»

Connie trug den Rucksack, Fussel das Stativ. Die Kamera hatte er sich in die Tasche gesteckt. Sie waren beide aufgedreht wie lange nicht mehr. Das Adrenalin pulste durch ihre Adern. Mann, da hatte sich tatsächlich einer dabei gefilmt, wie es ihn erwischte. *Famous last words.* Sie würden es unten der Polizei melden, der *Gendarmerie*, wie die Ösis dazu sagten, und morgen würde es dann in ihrem Provinzkäseblatt stehen. Tourist findet Bergopfer, oder so. Keine Ahnung, was für eine Überschrift sie hier dafür wählen würden. Wahrscheinlich passierte das jede Woche fünfmal und kein Hahn krähte danach. Sie hatten im Rucksack gewühlt, vorne in einer kleinen Tasche die Papiere gefunden, Stefan Westenrieder, Jahrgang 1971, doch noch nicht so alt, sagte Fussel, aber schon tot, wie Connie anmerkte. Geld, Kreditkarten, Führerschein, ein Hotelschlüssel, *Grand Hotel Post*, der größte Kasten am Platz, Stefan ließ es also krachen. Und da war noch dieser Autoschlüssel mit dem magischen Logo drauf, wegen dem sie nicht einfach ihr Handy gezückt und irgendwen angerufen hatten, ein Schlüssel, der alles veränderte, der ihre Gedanken zum Tanzen brachte, weil sich darauf ein kleines silbernes Pferdchen aufbäumte, *il cavallo rampante*, der Schlüssel zu einem echten Ferrari. Sie hatten den Wagen auf dem Parkplatz stehen gesehen, bevor sie losgegangen waren, natürlich war er rot, ein *360 Modena*, sie hatten die üblichen Worte stark beeindruckter junger Männer ausgestoßen, von *Geil* bis *Leck-mich-fett*, sie hatten darüber geredet, mal selbst so ein Ding zu fahren, und zumindest Fussel hatte es nicht geglaubt, nicht eine Sekunde lang, er lernte Speditionskaufmann, da sieht man vielleicht den Chef mal so etwas fahren, da darf man, wenn es hoch kommt, mal auf dem Beifahrersitz Platz nehmen – Vorsicht mit den Schuhen! – da kann man mal die Wurstfinger am Leder reiben, die Schaltknaufkugel berühren, das war's dann aber auch, ab zurück hinter die Absperrung, der Rollladen rumpelt nach oben, der Traum ist zu Ende, Mutti kommt zum Wecken, husch an deinen Platz.

Probefahrt wäre ja irgendwie nicht schlecht, hatte Connie gesagt, es aber nicht ganz ernst gemeint, so wie er grinste. Erst als Fussel keine Miene verzog und sagte, das sollten sie sich nicht entgehen lassen, sickerte dieser Gedanke tiefer bis in jene Regionen des Kopfes, die einen Plan fassen, sich etwas vornehmen und alle möglichen Begründungen erfinden konnten, warum es einem auch zustände. Warum man ein Recht darauf hatte. Oder jedenfalls sich nichts dabei denken musste. Fussel hatte den Ferrarischlüssel in die Tasche gesteckt, dann wollte ihn Connie mal sehen, wie er es nannte. Zeig mal das Ding. In Wirklichkeit wollte er ihn an sich genommen haben, bevor sie den Parkplatz erreichten. Klar, wer dann zuerst fahren durfte. Fast hätten sie zu streiten angefangen, doch Fussels Knie verhinderten es, indem sie spitze, harte Schmerzimpulse abfeuerten und ihn verstummen ließen.

Schon von weitem drückte Connie auf den Knopf am Schlüssel, hell glühten die Blinker auf, der geduckte Keil machte schon mal die Beine breit, um sie zu empfangen.

«Scharf!», sagte Connie, die Wangen heiß entzündet wie ein kleiner Junge, federnd die letzten schiefen Stufen herab zum Parkplatz im Wald nehmend, vorbei an der Informationstafel mit den Pilz- und Pflanzenbildern, den Hinweisschildern mit den Kilometerangaben und Stunden, die man dafür brauchen würde, wenn man keine fette Sau war.

Da hatte es Fussel längst aufgegeben, um den Schlüssel zu kämpfen, vielleicht später, vielleicht nie, man wird sehen. Zu schön das Gefühl, wieder unten zu sein und es hinter sich zu haben. Connie öffnete die Fahrertür und warf den Rucksack auf den Beifahrersitz. Fussel erschien es wie ein Zeichen, dass er noch nicht mal mitfahren durfte. Beleidigt würdigte er den Wagen mit keinem weiteren Blick mehr, schleppte sich wortlos vorbei bis zu seinem alten, grasgrünen Favorit, mit dem sie hierhergefahren waren, sperrte auf, ließ sich auf den knarrenden Fahrersitz plumpsen und kramte in den diversen Ablagefächern nach Essbarem. Er stopfte sich gerade ein *Twix* in den Mund, als er diesen unvergleichlichen Sound hörte, das Konzert aus Ansaugen, Verdichten und Ausstoßen, wie es nur die Italiener abmischen konnten, er wollte gar nicht hinsehen, Connie, der Arsch, am Steuer, nein danke, er hörte die Reifen auf dem Kies, das Näherrollen, Grummeln, Drohen, Losbellen, dann stand die Kiste hinter ihm, die bettfertige Geliebte, die dir mit ihrem Sound und ihrem Leder einen runterholt, wie du ihn kein zweites Mal erleben wirst.

«He!», rief Connie aus dem geöffneten Seitenfenster. «Fahr mir hinterher, ja?»

Fussel streckte nur die Hand raus und winkte.

«Nachher kannst du auch mal fahren», rief Connie.

Nachher, klar. Wer hatte die Kamera eigentlich entdeckt? Der Ferrari rollte an, kroch zur Straße, einem gewundenen, schmalen Band grauen Asphalts, wie von einem Besoffenen in die Landschaft gefräst, Gasstöße, Beschleunigen, ein Gänsehaut erzeugender Aufschrei der Mechanik, Schaltpause, Aufschrei, Schaltpause, Nachhall ...

Fussel ließ den Skoda an, verschmierte Schokoladenreste am Lenkrad, parkte aus, tat sich leid. Was Stefan wohl dazu sagen würde? Aber alles, was Stefan noch zu sagen gehabt hatte, waren ein paar leise Worte und ein unscharfes Bild auf einer winzigen Festplatte, die jetzt in seiner Tasche steckte. Schlauchartig wand sich die Straße hinunter ins Tal, der alte Skoda wankte und quietschte jämmerlich beim Bremsen. Ob Connie unten im Ort wieder umkehren würde, um ihm entgegenzukommen? Wahrscheinlich hatte der schon alles um sich herum vergessen, hockte in der feuchten, warmen Muschi seiner blutroten Geliebten und ließ sich ihre Lust ins Ohr schreien. Einholen würde er ihn jedenfalls nicht mehr. Fussel dachte, er selbst hätte sicher nach ein paar Kilometern angehalten und gewartet, ganz das schlechte Gewissen, aber Connie? Am Ende einer kurzen Geraden stand ein Wagen auf der Fahrbahn, die Warnblinker waren eingeschaltet, Leute stiegen aus, irgendwas war da los. Als er näher kam, winkte ihm schon eine Frau, er solle langsam fahren, langsam, langsam. Ja, ist ja recht, hab's kapiert, alberne Kuh! Hinter dem Wagen mit den Warnblinkern blieb er stehen, kurbelte das Fenster herunter.

«Was ist denn?»

«Accident ... accident!», rief ihm die Frau auf Französisch zu. Ihr Wagen hatte ein belgisches Kennzeichen. Sie war so ein alternder Muttityp mit braunem Pulli und brauner Hose und braunen Haaren.

«Unfall?»

Sie sagte etwas, das er nicht verstand. Auf der Straße waren Reifenspuren, nicht sehr deutlich, die rostige Leitplanke am Ausgang der weiten Rechtskurve war verbogen. Das konnte aber auch vorigen Monat geschehen sein.

«Une voiture de sport ... terrible», sagte der Mann.

Eigentlich musste Fussel gar nicht mehr vor zur Kante gehen und hinuntersehen, er wusste irgendwie auch so, was gerade passiert war. Zumindest leuchtete in seinem Kopf ein klares Bild, auch wenn er sich gegen diese Vorstellung wehrte. Aber dann tat er es dennoch, sah hinunter, stellte sich an den Rand und glotzte. «Ui-ui-ui», entfuhr es ihm, ziemlich steil – und tief. Eine Klamm wie vom Beil eines Riesen in den Fels geschlagen, dunkel und schroff, klaffend, nur an die Ränder klammerten sich krumme, verwachsene Kiefern, unten schimmerte und rauschte ein Bach. Dazwischen im undeutlichen Grün etwas rotes Blech, Fetzen davon, Klumpen, irgendwo hing ein abgerissenes Rad. Kein Qualm, kein Feuer. Was werden das sein, fünfzig Meter? Mindestens. Das belgische Paar musste gesehen haben, wie es passierte, vielleicht hatte Connie sie überholt und war die Kurve viel zu schnell angegangen, jedenfalls waren die beiden völlig durch den Wind, schnatterten ohne Ende ihr französisches Kauderwelsch, rannten herum, wussten ganz offensichtlich nicht, was sie tun sollten. Ständig versuchten sie, mit dem Handy Hilfe zu holen, aber sie konnten sich nicht verständlich machen und sie wussten wohl auch nicht, welche Nummer sie wählen sollten.

«Monsieur ... *bitte!* ... la police.»

Die Frau kam zu ihm, deutete auf das Handy in ihrer Hand, er zog die Schultern hoch, murmelte: «Keine Ahnung.»

Sie riss die Arme hoch, wandte sich ab, lief wieder davon. «Quel malheur.»

Andere Wagen hielten, auch Einheimische mit ihrem unverwechselbar kehlig gurgelndem Deutsch, das man ganz hinten im Rachen sprach, nicht vorne auf den Lippen, für sie war es natürlich ein Leichtes, Hilfe zu holen. Fussel setzte sich in den Skoda und wusste nicht, was er tun sollte. In seiner Tasche fühlte er die Kamera, im Kofferraum lag das Stativ, er war doch jetzt ein Dieb, nichts weiter, ein Leichenfledderer, dem man auf die Brust tippen würde, klar, du wolltest das unten bei der Polizei abgeben, aber sicher doch, ha, ha. So saß er und starrte über die Motorhaube, fühlte sich zu keinem Wort in der Lage, als hätte er sich verlaufen, um ihn herum nur noch Wald, in alle Richtungen gleich aussehend, egal, wohin er sich wenden würde, immer wäre es falsch. Als ein weißer Golf der Gendarmerie hielt, zwei alte Männer ausstiegen in Uniformen, die Fussel an die Wehrmacht erinnerten, fragte ihn einer der Beamten in schnarrendem Ton, ob er Zeuge des Unfalls gewesen sei. Er schüttelte nur den Kopf und wurde angewiesen, die Straße frei zu machen und weiterzufahren. Auf dem Weg nach unten kamen ihm ein Kranken- und mehrere Feuerwehrwagen entgegen, Dieselrußwolken ausstoßend, mit Männern am Steuer, deren Gesichter finster nach vorne starrten. Als er unten im Ort parkte und ausstieg, sah er einen Hubschrauber in die Richtung fliegen, aus der er gekommen war. Er setzte sich in ein Restaurant, betrachtete lange die Karte und bestellte Kaiserschmarren. Jeder Bissen tröstete ihn irgendwie, und er wollte getröstet werden. Nach dieser Portion bestellte er eine weitere. Mehr Trost, mehr.

Inga und den anderen sagte er, dass Connie alleine losgezogen sei, als er nicht mitgehen wollte. Sie glaubten es sofort, was ihm einen Stich versetzte. Inga war eher genervt als besorgt, sie wollte sich den Abend nicht verderben lassen. Sicher war Connie in irgendeiner ranzigen Bergschänke hängen geblieben, vermutete sie, wär' wieder typisch. Ja, ja, meinte Fussel dazu nur. Nach dem Abendessen in ihrer Vollpension begaben sich die anderen wieder auf die Spur. Keiner versuchte, Fussel zu überreden mitzugehen. Den Part hatte sonst immer Connie übernommen, aber der war ja nun nicht mehr da. Fussel trottete die zur Fußgängerzone gesperrte Hauptstraße hinauf, hinunter. Er ging in eine Bar, kippte zwei Marillenbrände, das aufgekratzte Lachen der anderen Touristen brandete über ihn hinweg, das Pferdewiehern der Frauen. Auf der Straße sah er einen ständigen Strom in die eine Richtung streben, ein gleichwertiger anderer kam ihm entgegen. Vor dem Grand Hotel Post hielten Luxuslimousinen, alte Männer mit brauner Lederhaut stiegen aus, schöne Frauen begleiteten sie, ja küss die Hand, fesch sehn's aus, Bussi, Bussi. Komplette Arschlöcher.

Fussel schwankte mitten hindurch, keiner beachtete ihn in seiner Tchibo-Regen-Freizeitjacke, den schmutzigen Wanderstiefeln, der Thermohose XXL. Zimmer 2-3-3, er hatte sich die Nummer gemerkt, fuhr im Lift in den zweiten Stock, alles sehr gedämpft, wie in Watte gepackt, glitzernde Leuchter, breite Flure.

Was wollte er eigentlich hier? Hinter der Zimmertür hörte er mehrere Stimmen, also wandte er sich ab, die Tür wurde geöffnet, zwei Beamte in Wehrmachtsgrau kamen heraus, wortlos, schlossen die Tür hinter sich, strebten zum Lift. Hinter der Tür die Stimme einer Frau, sehr leise, vielleicht klang sie traurig, er konnte es nicht sagen. Er legte die Kamera vor die Tür, wollte klopfen und weggehen, hatte Angst, es nicht rechtzeitig zur Treppe zu schaffen, steckte die Kamera wieder ein.

In der Hotelbar spielte eine junge Frau im langen, schwarzen Kleid Klavier. Sie war hübsch, mit großen, grünen Augen, die dünnen, nackten Arme in ständiger Bewegung. Ihr brünettes Haar berührte gerade noch die Schultern, Fussel dachte, es müsste sie doch kitzeln. Er trank Likör, winzige Gläschen mit winzigen Schlückchen darin. Süße kurze Vergnügen, deren wohlige Wärme vom Bauch aufstieg wie der Rauch eines Lagerfeuers. Irgendwann holte Fussel die Kamera heraus, schaltete sie ein und begann, die Frau am Klavier zu filmen. Da kein Platz auf der Festplatte mehr frei war, löschte er die Dateien, die drauf waren. Eigentlich gab er sie nur frei. Er wusste, sie wären erst wirklich weg, wenn neue Daten die alten überschrieben. Die Frau sah, dass er sie filmte und lächelte immer mal wieder zu ihm hinüber. Auf dem herausgeklappten Sucher flimmerte ein gelbstichig unterbelichtetes Bild, ihr Gesicht ein rötlich dunkler Matsch an winzigen Punkten. Als sie eine halbe Stunde später aufhörte und sich nach einem dünnen Applaus zurückzog, eine kleine, schmale, huschende Person, zoomte er ihr hinterher, bis das Bild nur noch Schwanken und Taumeln war, weil er die Kamera nicht ruhig genug halten konnte. Kaum die Hälfte des Speichers der Kamera war voll.

Er zahlte den Mondpreis, den seine Liköre zusammengeläppert hatten, schleppte sich zu seinem Skoda und fuhr aus dem Ort, bis alles dunkel und still um ihn wurde und er an eine Brücke kam. Dort ließ er das Stativ ins schwarze Nichts fallen, zählte die Sekunden, bis er es irgendwo aufschlagen hörte, holte die Kamera heraus, zögerte, denn was würde so ein Ding bei eBay bringen? Seine Hände erschlafften, doch dann schnappten sie die Schlaufe, hielten die Kamera fest, zwei-, dreihundert Euro waren schließlich viel Geld.

Auf dem Bett in seinem Zimmer liegend, löffelte er Eiscreme, guckte fern. Auf der Kommode neben dem Bett stand die Kamera. Sie war auf ihn gerichtet und nahm ihn auf. Beim Eislöffeln. Beim Ferngucken. Mit dem Plastiklöffel grüßte er zum Objektiv, sein Mopedherz tuckerte im Leerlauf.

Zusammenrücken

Abends wurden in dem Haus, wo ich damals wohnte, die Wände hydraulisch eingezogen, um den Wohnraum zu reduzieren. Das sparte effektiv Heizkosten und brachte einander auch näher, schon weil man gezwungen wurde, zusammenzurücken. Es war weltweit das erste dieser Häuser und schon allein darum fühlten wir Studenten uns als Revolutionäre einer neuen Zeit. Ich versuchte ja meistens, pünktlich um acht in Rosas Nähe zu weilen, weil sie mich am besten wärmen konnte, schon wegen der Gefühle, die in mir rumorten, die ich mich aber nicht traute zu äußern. Um acht tutete der Hausmeister, damit jeder wusste, was gleich passierte, dann schmirgelte und schmurgelte es gewaltig und wir mussten die Füße vom Hocker nehmen, weil gleich kein Platz mehr war, um sich noch groß auszustrecken. Leider war ich nicht ganz Rosas Typ, manchmal zog sie eine breite Schublade aus der Kommode und hielt sie zwischen uns, bevor es richtig kuschelig wurde. Nur zur Vorsicht, meinte sie über den Griff hinweg. Ich nahm es mit einem gespielten Lächeln, aber verletzt war ich doch, ich war ein Jungspund und stellte mir unter Solidarität in der Gesellschaft vor allem das wärmende Miteinander vor, präziser ausgedrückt meine freie Entscheidung, in Rosas Nähe sein zu dürfen. Nach dem Studium zog ich in eine andere Stadt und verfolgte neue Interessen, meist solche, für die es bunte Prospekte und Ratenzahlungen gab.

Jetzt aber, wo so viel über Energieverbrauch und Wärmeisolierung geredet wird, erinnere ich mich wieder öfter an damals. Gut, so eng will es heute keiner mehr, aber schön war es doch auch. Vor allem wenn die Schublade klemmte, weil ich vorausschauend eine gefaltete leere Zigarettenschachtel in die Fuge gestopft hatte. Man war eben noch jung und die Frauen erwarteten Initiative vom Mann, auch wenn sie gerne behaupteten, man würde ziemlich nerven.

Hochkonjunktur

In der Stadt waren die Mercedes ausgegangen und dort, wo es Porsche gab, bildeten sich lange Schlangen. Ich war auf der Suche nach Jahrgangschampagner für meine Yachttaufe, aber wo ich auch fragte, zuckte man nur erschöpft mit den Schultern.

Martha sagte, wie schön wäre es, sich mal wieder einen Wunsch zu erfüllen, doch sie hätte keinen mehr, beim besten Willen nicht. Ich lieh ihr einen Rest schale Begierde, kein Vergleich natürlich zu dem, was sie sonst so gewohnt war. Sie spürte es nicht mal, zu abgenutzt waren ihre Sinne, sie lächelte aber dankbar. Vielleicht weil Begierde manchmal etwas in den Därmen kribbelte.

Zum Zeitvertreib ließ ich mein Image aufpolieren und beschönigte dabei auch gleich noch meine Vergangenheit. Das empfahl sich, denn es war ein Aufwaschen und außerdem machten es alle so. Ich suchte mir einen Top-Spezialisten für Fotoalben, der mir einen familiären Background hinzauberte, von dem ich als Kind nicht mal geträumt hatte.

Abends wollte ich mich mit meiner Frau im Küchentrakt zum Diner treffen, sie kam aber leider nicht. Sie musste sich in unserer Villa mit den tausend Zimmern verlaufen haben. Ein paar Mal rief ich ihren Namen in die langen Gänge und Seitentrakte, dann gab ich es auf. Schon meine erste Frau verschwand auf diese Weise, so war mir das nichts Neues und ich aß mit Appetit.

Wer nicht täglich etwas kaufte, machte sich verdächtig und wurde überprüft. Bei zu niedrigem Kontostand musste man eine hohe Überweisung annehmen, das so genannte Konsumgeld, das war obligatorisch. Überall trat man auf verkohlte Kreditkarten, die in den Lesegeräten zu heiß geworden waren und schlappgemacht hatten. Wer seine Geheimzahl vergaß, bekam eine universelle zugerufen.

Oft saßen wir auf einer der vielen goldenen Bänke am Fluss und beobachteten die vorbeitreibenden Kartons, die jemand in seiner Not weggeworfen hatte, weil er unter ihrer Last den Weg nach Hause nicht mehr schaffte. Dann träumten wir von einer Krise. Wir malten sie uns schön dunkel aus, kalt und unbarmherzig, während wir herumliegenden Schmuck aufhoben und ins Wasser schnippten, damit hübsche Kreise entstanden.

Zu wenig zu viel

Alles begann mit diesem Wisch von der Krankenkasse. Ich hielt es erst für Werbung und wollte es wegwerfen, schon wegen des fetten Schweins auf dem Umschlag, ein Typ mit Schmerbauch, der gerade in einen Hamburger biss. Die Mayonnaise quoll ihm durch die Wurstfinger, er stand in lächerlich karierten Unterhosen auf der Waage und darunter leuchtete in grüner Blockschrift: LEICHTER LEBEN BESSER LEBEN, *auch Sie können es jetzt schaffen.* Was ich für eine Massendrucksache hielt, entpuppte sich als persönliches Anschreiben, in dem mir mitgeteilt wurde, dass ich wegen meines erheblichen Übergewichts und der drohenden Fettsucht in Zukunft den dreifachen Beitrag zu bezahlen hätte. Wäre ich allerdings bereit, auf einer Kur meine Bereitschaft zur Verhaltensänderung zu beweisen, könnte ich es vermeiden.

Nun, ich muss zugeben, ich lachte erst nur darüber, denn wenn ich etwas in meinem Leben niemals war, dann zu dick. Im Gegenteil, als Kind bekam ich Tropfen, weil ich keinen Hunger hatte, und auch später war Essen nie ein Problem. Bei 1,77 m Körpergröße bringe ich kaum mehr als 65 Kilo auf die Waage, ich bin, das muss ich zugeben, eher ein halbes Hemd. Optisch jedenfalls. Ich treibe Sport und das nicht zu knapp, sogar den Stadtmarathon lief ich schon mit.

Meine Krankenkasse unterhält ein Büro ganz in der Nähe. Dort stellte ich mich in die Reihe und als ich endlich drankam, klatschte ich der Kuh am Tresen den Wisch vor die Nase und sagte, na, das sei ja wohl ein schlechter Witz, wie sie denn da darauf kämen.

Sie rückte sich die Brille zurecht, krauste die Stirn und fragte: «Wieso?»

«Schauen Sie mich doch an», knurrte ich. «Seh ich vielleicht aus wie euer Mastschweinchen da auf dem Kuvert?»

Ich tippte mit dem Finger drauf.

«Dafür bin ich nicht kompetent», sagte sie. «Das läuft alles über unsere Zentrale. Sie können natürlich Einspruch erheben, wenn Sie die Kur ablehnen, hier unten müssen Sie es ankreuzen.»

Also legte ich Einspruch ein und hielt die Sache für erledigt, bis ich zwei Monate später die Aufforderung bekam, mich bei einem Vertrauensarzt der Kasse vorzustellen. Wenn ich dazu nicht bereit wäre, würde sich mein Beitrag wie angekündigt verdreifachen, hochachtungsvoll und so weiter. Ich hab ein wenig herumgeschrieen, zu Hause, in meinem Wohnzimmer, aber es half alles nichts. Obwohl ich extra einen Termin vereinbart hatte, war das Wartezimmer proppenvoll und ich musste stundenlang in Golfsportmagazinen aus den Siebzigern und in *Landarzt aktuell* blättern.

Der Arzt war genervt und sein Händedruck lasch. Er wies mich an, ich solle mich entkleiden, dann vergrub er seine Nase in irgendwelchen Unterlagen auf dem Schreibtisch.

«Alles», sagte er, als ich in Unterhemd und Unterhose auf dem kalten Linoleum stand. Ich tat ihm den Gefallen.

«Na, bin ich zu dick?», fragte ich ihn triumphierend.

Er ignorierte mich vollständig. Als seine Sprechstundenhilfe hereinplatzte, wurde ich rot.

«Ach, wie süß», sagte diese dumme Nuss und grinste.

Der Arzt kaute auf dem Bügel seiner Lesebrille herum und fragte: «Warum haben Sie Widerspruch eingelegt?»

Ich stemmte triumphierend die Hände in die Hüften. «Na, weil ich nicht dick bin.»

«Warum sind Sie nicht dick?»

Ich stutzte. «Was soll die blöde Frage? Ich weiß ja nicht mal, wie Sie drauf kommen?»

«Nun, das sind Stichproben, die ein Computer aus Ihrem Datenmaterial nach dem Zufallsprinzip schöpft.»

«Was denn für Daten?» Ich verschränkte trotzig die Arme.

«Zum Beispiel aus Ihren Einkäufen. Ich sehe hier, dass sie einen überhöhten Fastfood-Faktor aufweisen, auch erkenne ich eine deutlich überproportionale Menge an Colagetränken und Chipstüten, die Sie öfters an Tankstellen kauften ...»

Ich unterbrach ihn. «Woher wollen Sie wissen, dass ich das war?»

Er lächelte. «Nun, es wurde mit Ihrer EC-Karte bezahlt.»

«Na und?» Ich stampfte auf den kalten Boden.

«Die durchschnittliche Zucker- und Fettrate Ihrer Einkäufe weist unzweifelhaft eine äußerst ungesunde Tendenz auf, sowohl Ihr Schokoriegelindex als auch Ihr Fertiggericht-Faktor ist deutlich im roten Bereich ...»

«Was geht Sie das an?», polterte ich.

Der Arzt schwang seine Brille durch die Luft und lächelte überheblich. «Oh, guter Mann, mir ist das natürlich egal, doch reden wir hier über die Inanspruchnahme öffentlicher Leistungen und da müssen wir schon aus Rücksicht auf die anderen Versicherten sehr genau hinsehen.»

Ich schlug mir mit der Hand auf die Brust. «Dann sehen Sie jetzt her. Bin ich zu dick?»

Der Arzt blätterte weiter in seinen Unterlagen.

«Ich finde auch nirgends Beiträge für ein Fitness-Studio oder einen Sportverein.»

«Ich gehe lieber in den Wald zum Laufen.»

«So, so ... Und wo sind Belege für Laufschuhe? Diese müssten doch regelmäßig verschleißen.» Der Arzt lächelte großspurig.

Mir dagegen wurde heiß. «Hab ich mir aus Amerika mitgebracht.»

«Umso besser, dann gibt es eine Kreditkartenabrechnung ...»

Ich wurde rot. «Ein Kollege war in USA ... also, im letzten Jahr.»

«Ein Kollege ...» Der Arzt winkte ab. «Sehen Sie, das ist das Problem, es wird so viel gelogen, auch sich selbst machen die meisten etwas vor. Darum gibt es jetzt dieses Programm. Aus dem Datenpool objektiv gesammelter Fakten errechnet es Wahrscheinlichkeiten. In Zukunft wird es angepasste Tarife für alle Risikogruppen geben. Jeder hat es dann selbst in der Hand, seinen Tarif zu bestimmen. Zum Beispiel durch gesunde Lebensweise.»

Nackt, wie ich war, drehte ich mich vor ihm im Kreis. «Ich bin nicht dick!», rief ich entschlossen aus und zog meinen flachen Bauch dazu noch ein.

Der Arzt lehnte sich zurück und betrachtete die Decke.

«Sie lehnen also eine Kur ab?»

«Richtig.»

Der Arzt schüttelte amüsiert den Kopf. «Guter Mann, ich kreuze das hier gerne für Sie an, kein Problem. Allerdings werden Sie danach in Zukunft das Vierfache des Bisherigen bezahlen müssen, denn dann gelten Sie nicht nur als übergewichtig, sondern auch noch als unbelehrbar. Das können Sie doch im Ernst nicht wollen, oder?»

«Ich weiß nicht ...», stammelte ich.

So kam ich also im regnerischen Frühling nach Bad Sowieso an der Irgendwo, ein Ort so schön wie eine Sommergrippe. Ein quaderförmiges Kurheim neben dem anderen, zum Verwechseln ähnlich, der Architekt muss einen guten Fotokopierer gehabt haben. Ich war der Einzige in meiner Gruppe, der unter hundert Kilo wog, selbst bei den Frauen. Entsprechend beliebt war ich, kaum einer wollte mit mir reden. Morgens gab es Obst, mittags Gemüse und abends Salat. Dazwischen Kamillentee ohne Zucker. Jeder von uns musste sich ein Gewichtsziel setzen und das auf seine persönliche Tafel im Flur schreiben. Mein Ziel waren die 65 Kilo, die ich bereits hatte. Ich dachte belustigt an die Gesichter der anderen, wenn ich nun normale Essensportionen erhalten würde, doch man teilte mir mit, das gäbe es in diesem Haus nicht, schon aus Solidarität. Etwaige Ungleichbehandlungen unter den Kurgästen führten sonst nur zur falschen Elitenbildung und zur Frustration der vermeintlich Unterlegenen, die dann noch mehr zum Kalorienmissbrauch neigen würden.

«Ich hab aber Hunger», protestierte ich.

Alle hier litten irgendwie an Hungergefühlen, entgegnete man nur kühl. Es würde nun auch für mich höchste Zeit werden, meine Essgewohnheiten und vor allem die Heißhungerattacken auf ein vernünftiges, sozial verträgliches Maß zu reduzieren. Mein auffallend zwanghafter Drang, fortgesetzt darauf hinzuweisen, ich sei nicht dick, deute auf einen schweren inneren Konflikt hin, dessen Ursache weit zurück in meiner Kindheit liegen dürfte. Um das herauszufinden, wäre ich hier und es liege eine große Chance darin. Bald werde ich erkennen, wie viele sich hinter solchen Schutzbehauptungen verstecken, und ich bräuchte mich bei den anderen ja nur umzusehen, um zu erkennen, wie sichtbar Wunsch und Wirklichkeit auseinanderklafften. Dann nahm mich mein Betreuer in den Arm und sagte, gemeinsam würden wir es schaffen.

Aus Wut machte ich mir den Spaß, beim morgendlichen Waldlauf immer in weitem Bogen um die Gruppe herumzurennen, um ihr – ich muss es zugeben – auf doch etwas kindische Weise meine Überlegenheit zu demonstrieren. Auf dem ersten Stück beschimpften sie mich noch, doch dann ging ihnen selbst dazu die Puste aus. Streck- und Turnübungen übertrieb ich ins Absurde und machte Liegestützen und Klimmzüge für alle anderen mit. Sie hassten mich dafür und ließen mich beim täglichen Gruppengespräch nie zu Wort kommen, da sie der Meinung waren, einer wie ich hätte keine Probleme, von denen er erzählen könnte. Nach mehreren Anläufen, meine Stimme dennoch zu erheben, gab ich es auf und verdöste fortan die Zeit.

Am Anfang der zweiten Woche nahm mich unser Gruppenleiter zur Seite. Er wirkte besorgt und fragte, ob ich nicht wenigstens 10 Kilo Gewichtsabnahme auf meiner Tafel als Ziel angeben könnte? Das sei doch nicht viel, gerade wenn ich an die anderen denken würde, die dreißig oder vierzig Kilo angaben. Ich müsse mich auch mal in seine Lage versetzen, er erhielte schließlich nur ein geringes Grundsalär und wäre auf die Erfolgsprämien angewiesen. Ich zögerte und er zeigte mir das Bild seiner Familie, die Kinder hatten ganz hungrige Augen, wie ich fand, aber das war mir egal. Als ich verneinte, begann er mir zu drohen. Ob mir eigentlich klar sei, dass ich mindestens zehn Kilo schaffen müsste, um der Krankenkasse gegenüber wenigstens meinen guten Willen zu beweisen.

«Ich bin nicht dick», entgegnete ich trotzig.

«Am Ende zählen nur die Fakten», meinte er. «Wie viel Gewicht wurde abgebaut? War der Versicherte bereit, etwas zu verändern, ja oder nein.»

Also ließ ich mich breitschlagen und fortan standen zehn Kilo auf meiner Tafel als Ziel. Ich begann zum ersten Mal, Achim um seine hundertachtzig Kilo zu beneiden, er war der Schwerste von uns. Zehn Kilo weniger würde man ihm nicht mal ansehen. Überhaupt meine Gruppe. Als ich rasch schwächer wurde, dunkle Augenringe bekam und mein Kreislauf am Morgen verrückt spielte, ich also keinen einzigen Kreis mehr um die anderen herum schaffte, wurde ich endlich in ihre Gemeinschaft aufgenommen. Es tat mir gut, gerade wenn ich spürte, wie diese Anflüge an Verwirrtheit zunahmen. Gemeinsam halluzinierten wir von Familienpizzas und XXL-Menüs, die wir uns in allen fetttriefenden Details ausmalten, Petra kannte so viele tolle Backrezepte und Hermann konnte so schön von Grillfesten mit Nackensteaks und Bier vom Fass erzählen.

Nach drei Wochen brachte ich noch 58 Kilo auf die Waage und meine Gruppe applaudierte mir, damit lag ich gut im Mittelfeld. Bärbel gestand mir eines Nachts im Flur ihre wachsende Zuneigung für mich und lockte mich mit dem Versprechen auf eine eingeschmuggelte Prinzenrolle in ihr Zimmer. Der gemeinsame Biss in diese köstliche Backware war besser als jeder Orgasmus. Leider rationierte sie bald die Kekse und forderte als Gegenleistung anstrengende Liebesspiele, die weitere lebensnotwendige Kalorien aus mir zogen. Doch ich konnte der Lockung einfach nicht widerstehen.

Hier muss ich meinen Bericht nun leider abbrechen, die Worte verschwimmen vor meinen Augen und meine Hände zittern stark. Plötzlich kam das Gerücht auf, fünfzehn Kilo Gewichtsreduktion wäre das Minimum, um in Zukunft überhaupt noch krankenversichert bleiben zu können. Vielleicht hat es auch nur unser Gruppenleiter in die Welt gesetzt, um uns zusätzlich zu motivieren. Bärbel gibt mir keine Kekse mehr. Sie sagt, sie findet mich hässlich und meine Libido zu schwach. Agnetha nimmt sich jetzt meiner manchmal an, sie ist hier der Star. Dreißig Kilo in fünf Wochen, jetzt schafft sie es wieder durch die normale Tür. Sie wollte nachher mal bei mir im Zimmer vorbeischauen, keine Ahnung warum. Sie sagte, sie wolle es endlich mal wieder fühlen. Auf meine Frage, was denn eigentlich, grinste sie nur. Wenn es das ist, was ich glaube, bekomme ich allerdings Angst ...

Manuel schlug das Heft zu, in dem er gelesen hatte, und stand etwas ratlos im kleinen Wohnzimmer. Seine Frau kam herein.

«Was ist, worauf wartest du?» sagte sie.

«Ach nichts, ich hatte nur gerade in diesem Heft deines Bruders geblättert, das im Beutel lag, den das Kurheim zusammen mit seinen Sachen schickte.»

«Und?», fragte sie genervt. «Was Interessantes?»

«Nein, nein.»

«Dann los, wir müssen uns ranhalten, all der Krempel hier muss raus.»

Manuel warf das Heft in den prall gefüllten blauen Müllsack.

«Wieso will eigentlich keiner zugeben, dass mein Bruder Krebs hatte?», fragte sie, während sie Ordner aus einem Schrank räumte und auf den Boden warf.

«Wie kommst du drauf?»

Sie unterbrach ihre Arbeit, stellte sich vor ihn hin und tippte ihm mit dem Finger gegen die Brust. Ihre Augen blitzten. «Ich bitte dich, denk doch mal nach. Diese Kur, seine plötzliche starke Gewichtsabnahme ... das ist doch nicht normal.»

«Nein, da hast du Recht.»

«Also, für mich deutet das eindeutig auf Krebs hin. Wo er doch immer so sportlich war, so fit.»

Sie bückte sich und hob einige von den Sporturkunden auf, die zusammen mit dem Altpapier auf einem Haufen lagen. Manuel nickte nur.

Auf der Heimfahrt bog er zielstrebig in den Drive-in einer großen Fastfoodkette ein und bestellte großzügig. Sie wollte nichts und sah ihn tadelnd von der Seite an.

«Solltest du nicht ein wenig mehr auf dein Gewicht achten?», meinte sie kühl. «Du hast mindestens zehn Kilo zu viel.»

«Eben!», knurrte er. «Ich brauch fünfzehn, mindestens.»

Sie faltete die Hände vor dem Bauch und seufzte. «Bist du verrückt? Warum denn?»

Manuel starrte finster über das Lenkrad. «Wer weiß schon, was morgen für Post kommt.»

Wilde Hunde

Über den Himmel liefen junge wilde Hunde. Mit glattem, braunem Fell, wie geölt. So kam es mir vor. Wir lagen in schmalen Gräben und hatten uns verschanzt, unsichtbar für den Feind. Wir konnten nur warten, worauf war nicht klar. Ich hatte Zeit nachzudenken, aber meine Gedanken malten Hunde an den Himmel, eine wilde Meute, die über uns hinwegfegte, die Mäuler aufgerissen, die Zungen heraushängend, den Horizont vor sich hertreibend, damit er sich endlich stellte und wir auf seiner Brust gespiegelt sehen konnten, was uns mal erwartete.

Der Oberfeld robbte vorbei. Für die nächste Beförderung musste er noch mächtig ranklotzen und Vorbild spielen. «Na, alles klar?» Es war ihm wichtig zu wissen, wie seine Leute tickten. Pionier Stumpf neben mir, einer mit Augen wie aus dem Drei-Sterne-Eisfach, antwortete für mich mit.

«Sicher doch.»

Der Oberfeld zog ab, das Profil seiner Stiefel war voller Morast. Alles Schöne, Warme, Selige hatte die Verbindung mit mir abgebrochen. Ich sah auf die Uhr. Ich dachte, wenn nicht alles klar gewesen wäre, wäre es jetzt trotzdem kurz vor drei.

«Noch Termine?», fragte Stumpf und lachte mich aus.

Ich setzte mir den überlegensten Gesichtsausdruck auf, den ich draufhatte.

«In der Lilly-Bar warten ein paar dralle Blondinen auf mich.»

Er bleckte die Zähne, ich wusste, dass ihm das gefiel. Weil ich gut quatschen konnte, glaubte er, ich hätte schon weiß Gott was erlebt. Dabei konnte ich nur gut quatschen.

«Was für 'ne Lilly-Bar?» Er hatte mir auf Wache mal erzählt, dass ihn sein Vater oft verprügelt hätte. Es klang, als wäre er stolz darauf, es überlebt zu haben.

Ich lächelte. «Da besorgen sie's dir, so 'ne Bar ist das. Wo man es kriegt, wenn man es braucht. Um wieder ruhiger zu werden. Um die wilden Hunde in dir zu bändigen.»

«Was denn für Hunde?» Es gefiel ihm, meine Worte plumpsten wie Brausetabletten in seinen Kopf, schäumten dort, sprudelten. Für ihn war ich der Verrückte.

Sein Blick fing zu triefen an. «Erzähl mehr», bettelte er.

Ich gab den Milden. «Was gibt's da schon zu sagen.»

Er war klein und dünn, er war nicht viel, es gab welche, die nannten ihn Wunder-Stumpf. Niemand, nicht mal die Natur, schien sich viel Mühe mit ihm gegeben zu haben. Sein Gesicht war breit und schief und seine abstehenden Ohren kamen mir vor, als saugten sie die Worte an, um knorpelig drauf herumzukauen.

«Sie sind zu dritt», sagte ich. «Chantal, Betty und Ilonga. Wenn du ein guter Kunde bist, und ein netter Kerl dazu, dann nehmen sie dich alle auf einmal in die Mangel. Wälzen ihre Leiber über dich und ziehen dich durch. Es ist lustig, aber danach bist du platt.»

Seine Zunge schnellte raus und strich über die trockenen Lippen. Seine Augen schwammen im Wasser. «Erzähl von ihren Möpsen. Was für Dinger haben sie?»

Ich sollte etwas erzählen, was er doch so viel deutlicher vor sich sah als ich. Ich versuchte seine Gedanken zu erraten, beschrieb ihm ausladende, gewaltige Brüste, schwer und prall und weich, warm natürlich, drei Paar davon. Stumpf vergaß die Zeit, da kroch nichts auf ihn zu, da lag nichts weit hinter ihm, ich beneidete ihn darum. Mir war sie immer bewusst. Bis zehn nach drei hielt ich durch, dann knipste in mir das Licht aus, keine Bilder mehr, nirgends. Mir waren hagere, dünne Mädchen lieber. Sie schüchterten mich weniger ein. Und ich wollte auch nicht drei davon, eine genügte vollauf. Wenn ich mit einer zusammen war, erschien es mir immer als Rätsel. Mitten in der Nacht stand ich auf, lehnte am Fensterbrett und betrachtete ihren Körper im Dunkeln beim Schlafen. Alles war gut, ich musste keine Angst haben, aber ich glaubte nicht daran.

«Stell ich mir hart vor», dachte Stumpf laut nach. «Richtig hart. Drei so Muschis nebeneinander, ach du Scheiße ...»

«Du darfst dich nicht selbst unter Druck setzen», klugscheißerte ich. «Musst es einfach kommen lassen.»

«Kommen lassen», wiederholte er. «Das ist gut, kommen lassen.»

Seine Zähne hatten ziemliche Probleme damit, eine gemeinsame Richtung zu finden. Teilweise sahen sie so aus, als würden sie jeden Moment umkippen.

Insekten summten um meinen Kopf, ließen mich aber in Ruh. Es war nicht kalt. Für ein selbst gegrabenes Erdloch war's ganz kommod. Wir hatten ab halb zehn dran gearbeitet, Stumpf und ich, schanzen. Der Boden war hart und steinig. Für meinen Widerwillen war das Loch erstaunlich tief geworden. Trotzdem hatte ich Blasen an den Händen.

«Gehst du heute wieder hin?», fragte er.

«Gleich nach Dienstschluss.»

«Du Scheißkerl.»

Es war kein richtiger Fluch, eher ein Kompliment. Er lugte, das Kinn auf die geballte Faust gestützt, über den Rand unseres

Lochs hinweg zur Wiese, auf der mattgrüne LKWs unter Tarnnetzen parkten. Ich stellte mir vor, wie er mit seiner kindlichen Neugier eines Tages dem Tod begegnet. Hey, Gevatter, wie geht das, tot sein? Erzähl mal. – Es ist einfach, du kannst es. Selbst wenn du das Leben nicht kapierst, darfst du mitmachen. – Beim Totsein? – Genau.

Er summte vor sich hin. «Schantalle, alte Schnalle.»

Er war einfacher Pionier, kein Gefreiter, nicht mal das hatten sie ihm gegönnt. Ich war Obergefreiter, zwei Streifen, ein Schlaukopf, dem alle ein Abitur andichteten, das ich nicht hatte.

«Sie haben's drauf, die drei», sagte ich. «Kannst mir's glauben. Sie saugen dir die Lebenskraft aus deinen Adern, bis du meinst, du wärst aus Pappmaché.»

«Oh, Mann.»

Stumpf träumte sich weg. Genau das hatte ich gewollt. Wie ein Karnickel hüpfte er wohl in seinem krummen Schädel von einer Chimäre zur anderen, um sie in bester Stumpf'scher Manier zu berammeln. Der Oberfeld war nicht mehr zu sehen, ich riss mir ein Twix auf und gab Stumpf die Hälfte. Ich wollte, dass er sich mal an diese Tage erinnerte. Ich wollte einer sein, der anders war als jene, die ihm sonst so begegnet waren. Als könnte ich wieder geradebiegen, was die Welt wild entschlossen krumm und schief wachsen ließ. Hätte der Oberfeld jemanden für ein Himmelfahrtskommando gebraucht, einen, der einfach loslief und nicht lange darüber nachdachte, Stumpf wäre die erste Wahl gewesen. Es gab welche, über die spannte sich kein Schutzschirm, die standen seltsam nackt in der Welt. Als wären sie zum schnellen Verbrauch bestimmt.

«Kann ich nicht mitkommen?», fragte er, Schokoflecken im Mundwinkel.

«In die Lilly-Bar? Hast du Kohle?»

«Keinen Furz.»

«Tja.»

Er wurde ganz leise. «Oh, Mann.»

Ich ließ neue wilde Hunde über uns hinwegrennen, Schaum um die Schnauzen, die Ohren schlagend im Wind. Ich ließ sie den Horizont jagen, um ihn zu zwingen, uns endlich die Zukunft herauszurücken. Ich sah auf die Uhr, erst halb vier. Es gab eigentlich überhaupt keinen vernünftigen Grund, in diesem Loch zu hocken. Es fing an, mir zu gefallen.

Mediale Dysfunktion

Agnes saß im kleinen Wohnzimmer auf der Couch und versteckte ihre Beine unter einer bunten Wolldecke, als ich aus dem Lift trat und durch die angelehnte Wohnungstür hereinkam. Sie wirkte verstört. Auf dem niedrigen Tisch vor ihr lagen alte Fotoalben, die meisten aufgeblättert. Sie sagte mir, sie hätte heute die Diagnose bekommen. Ich setzte mich und versuchte, heiter und gelassen zu bleiben. Ich dachte, es wäre sicher besser, als sie mit einem kummervollen Gesicht nur weiter zu ängstigen.

«Erzähl mal», sagte ich.

Sie deutete auf ein Blatt Papier auf dem Tisch. Ich nahm es und konnte nicht viel damit anfangen. Vor allem bestand es aus einer Liste an Laborwerten, für die allein man schon studiert haben musste, um sie zu deuten. Ratlos legte ich das Papier zurück und fragte sie vorsichtig, was es denn bedeutete.

«MD-Syndrom», murmelte sie. «Mediale Dysfunktion.»

«Aha», sagte ich hilflos. Es war mir peinlich.

«Ich hatte es vorher auch nicht gekannt», erlöste sie mich. Sie war immer eine gute Freundin gewesen, sehr rücksichtsvoll. Wir hatten uns in der Schule kennen gelernt und die Nachmittage miteinander verbracht. Sie war die kleine Schlanke und ich die große Stämmige gewesen. Ich hatte mir oft gewünscht, es wäre umgekehrt. Heute allerdings nicht.

«Sieh nur, sieh.» Sie deutete auf die Fotoalben.

«Was ist denn da?»

Ich drehte eines der Alben herum und betrachtete die Bilder. Die meisten waren schon etwas verblichen und Jahrzehnte alt.

Sie zeigten Urlaubsmotive vom Strand und dem Meer. Jeder hatte solche Bilder, sie waren nicht sehr interessant. Ich dachte, Agnes schwelgte in Erinnerungen, weil sie die Diagnose so erschüttert hatte. Mir fiel ein, dass sie oft krank gewesen war und empfindlich. Trotzdem hatte sie viele Verehrer gehabt. Sogar Blumen schickten sie ihr nach Hause, wenn sie nicht zum Unterricht erscheinen konnte. Sechzehnjährige, man stelle sich das mal vor. Sie wurde verehrt wie eine Göttin. Ich hatte nur von meinen Großeltern Blumen bekommen, frisch aus ihrem Kleingarten neben der S-Bahn. Tulpen statt einem Walkman oder Konzertkarten für Abba.

«Schön, schön», sagte ich geistesabwesend. «Das waren noch Zeiten.»

Sie verzog ihr Gesicht und wurde richtig böse. «Nun sieh doch hin, sieh hin.» Sie tippte sehr energisch mit dem Finger auf ein Bild. «Ich bin nicht sentimental.»

«Nein?»

Ich erkannte ihren Vater in einem Paddelboot, ihre Mutter stand am Ufer daneben. Keine Ahnung, wer das Bild gemacht hatte. Doch die Stimmung musste sehr gut gewesen sein, ihre Eltern wirkten fröhlich.

«Wo ist denn das?», wollte ich wissen.

«Egal», knurrte sie. «Irgendwo.»

Jetzt entdeckte ich sie erst auf dem Bild. Sie saß auf dem Schoß ihres Vaters, die kleinen Hände am querliegenden Paddel abgestützt. Doch sie wirkte seltsam durchsichtig, wie eine Doppelbelichtung, ganz blass.

«Was ist denn da passiert?», redete ich, ohne nachzudenken.

Tränen purzelten aus ihren Augen.

«Nun wein doch nicht», sagte ich.

Auf einem anderen Bild machte ich die gleiche Entdeckung. Es dauerte, bis ich Agnes inmitten der anderen abgebildeten Personen entdecken konnte, und wieder war sie als Einzige durchsichtig, schimmerte der Hintergrund durch sie hindurch, wurde wieder sichtbar, was jahrzehntelang von ihr verdeckt worden war.

«Haben deine Eltern die Abzüge selbst gemacht?», wunderte ich mich.

«Aber nein.» Sie schniefte. «Das ist kein technisches Problem. Es ist eine Krankheit. Sie löscht meine medialen Spuren.»

Es war nicht nett, aber ich musste lachen. Zu absurd erschien mir das Ganze.

«Es sind doch nur ein paar Bilder», wollte ich sie aufmuntern.

Sie hob ihren Kopf und sah mich an. «Du willst es nicht begreifen, oder?»

Ich hasste solche Momente. Was ich auch tat oder sagte, es wurde mir zum Nachteil ausgelegt. Das war schon damals in der Schule so gewesen. Sie hatte einen neuen Schwarm und ich durfte keine Bemerkung über ihn machen, auch wenn es mir noch so auf den Lippen brannte. Ich seufzte.

«Es tut mir leid», sagte ich, denn mehr fiel mir nicht ein.

«Was du nicht wahrhaben willst, schiebst du beiseite.» Sie betupfte sich mit einem Taschentuch die Nase. «Es hilft aber nichts.»

«Was meint denn der Arzt?» Ich bemühte mich, in meine Stimme möglichst viel Mitgefühl zu legen.

«Ach, der ...»

«Kann er denn nicht etwas verschreiben?»

«Was denn? Da gibt es nichts.» Sie schniefte und zog die Beine noch näher an ihren Körper heran. Sie war eine schöne Frau geworden, noch immer beneidete ich sie um dieses Glück, für das sie nie etwas hatte tun müssen. Ich selbst betrachtete mich nur ungern im Spiegel.

«Sie wollen mit Studien beginnen», sagte sie. «Da darf ich dabei sein. Bei *Studien!*» Sie riss die Arme hoch, ich zuckte zusammen. «Sie werden mich betrachten und sich Notizen machen. Währenddessen verschwindet alles, was mit mir zu tun hat, meine ganzen Spuren.»

«Die Bilder sind doch schon alt», wandte ich ein. «Vielleicht liegt es nur daran.»

«Aber nein, du bist naiv. Das Alter ist egal. Es betrifft auch nicht nur Bilder.»

«Nein?»

Plötzlich sprang sie auf und rannte in den Flur. Ich erschrak, auch weil ich sie schon oft aufbrausend und sehr emotional reagierend erlebt hatte. Ich selbst war eher der stille Typ. Manchmal hoffte ich, dadurch etwas geheimnisvoller zu wirken. Aber das war lächerlich, in mir verbarg sich nichts Rätselhaftes, nur die üblichen Dutzendwünsche, die alle hatten. Mann, Familie, Wohnung, ganz langweilig und banal. Trotzdem unerfüllbar, irgendwie.

Agnes kam zurück und hielt mir ihren Reisepass hin.

«Möchtest du wegfahren?», fragte ich überrascht.

«Quatsch.» Sie sprang zurück auf die Couch und verkroch sich unter der Decke.

Ich blätterte den Pass auf und sofort fiel mir das durchsichtige Foto auf. Der Hintergrund, die Falten eines grauen Vorhangs, wurde mitten in ihrem Kopf sichtbar. Auch die Buchstaben ihres Namens schienen zu bleichen, waren schon verwaschen grau.

«Hast du ihn zufällig in die Waschmaschine ...?»

Sie schüttelte wütend den Kopf.

«Seit wann geht das so?»

«Bemerkt habe ich es vor ein paar Monaten», sagte sie leise. «Aber es muss schon früher angefangen haben, viel früher. Man vermutet eine genetische Veranlagung. Leider wurde ich häufig fotografiert und stand viel im Mittelpunkt, wie du ja weißt. Dabei wollte ich es gar nicht. Es erhöht die Gefahr, dass es ausbricht, dramatisch.»

Ein seltsames Gefühl überkam mich, etwas wie Erleichterung. Ich hatte nie einen Vorteil in meiner Unscheinbarkeit gesehen. Doch erschien sie mir plötzlich wie ein unverhoffter Schutzmantel. Ich betrachtete den überhäuften Tisch. Sie besaß so viele Alben, ich dagegen gerade mal zwei. Und dazu eine Schachtel unsortierter Schnappschüsse, die mir ziemlich egal waren. Partys, auf denen ich irgendwo in der Ecke hockte und den langweiligen Ausführungen bebrillter Sonderlinge lauschte.

«Hast du deinen kleinen Adresskalender dabei?»

Ich stutzte. «Ja.»

«Dann schau hinein und such meinen Namen. Ich steh doch drin, oder?»

«Selbstverständlich. Aber das ist *mein* Kalender.»

«Egal, es spielt keine Rolle, wem er gehört.»

«Das kann nicht sein.»

Ich nahm meine Tasche, die ich neben mir auf den Boden gestellt hatte, und holte den rosa Adresskalender heraus, der mich schon über so viele Jahre begleitete. Er bestand eigentlich nur noch aus Streichungen und Ergänzungen, aber ich hatte keine Lust, einen neuen anzulegen. Ich fürchtete mich auch davor, all den Namen wieder zu begegnen, die schon längst keine Bedeutung mehr hatten. Dieser kleine Kalender war fast vollgeschrieben und wirkte nach einem erfüllten, abwechslungsreichen Leben, ein neuer, ehrlicher dagegen wäre praktisch leer.

Ich musste nicht weit blättern, Agnes kam gleich am Anfang.

«Und? Siehst du es?», fragte sie mit dunkler Stimme.

«Wie immer», sagte ich verlegen, dabei war ich verblüfft, wie blass die Schrift mit ihrem Eintrag geworden war. Sie war deutlich heller als alle anderen Eintragungen, egal, ob mit Kugelschreiber oder Bleistift geschrieben. Auch brachen einzelne Linien auseinander, fehlten ganze Teile.

«Du bist einer der ältesten Einträge in diesem Büchlein», versuchte ich sie aufzuheitern. «Ich werde es einfach nachmalen, dann wirkt es frisch.»

«Das hat keinen Zweck, man kann es nicht stoppen. Ich löse mich auf.»

«Unsinn, niemand löst sich auf.»

«Doch, medial sterbe ich, und ich weiß nicht, was ich machen soll.»

Sie begann zu weinen und ich hockte da, unfähig, etwas zu sagen oder zu machen.

Zu Hause surfte ich bei einem Glas Prosecco im Internet und machte mich schlau. Viel schien man aber noch nicht darüber zu wissen. Vor allem war bislang völlig unklar, warum es den einen befiel und den anderen nicht. Es wurde vermutet, dass es ab einem gewissen Grad der medialen Präsenz zu Überreizungen kam, in deren Folge eine Gegenreaktion einsetzte, die sich kaskadenartig ausbreitete und nicht stoppen ließ. Wie es im

Einzelnen geschah, war unerforscht. Die Konsequenzen waren aber für die Betroffenen immer dramatisch. Alles, was über diese Menschen je geschrieben oder gespeichert wurde, verschwand, löschte sich selbst, löste sich auf. Bilder, Dokumente, Texte, Aufzeichnungen, egal, und das selbst, wenn diese in Stahlschränken oder unter Tage, hinter Bleiplatten oder scharf bewacht gelagert wurden. Es machte mir große Angst und ziemlich schnell floh ich in den nächsten Chatroom, um mich etwas abzulenken. Ein Typ, der sich *Loveroboter* nannte, hatte ziemlich coole Sprüche drauf und ich hoffte, er würde sich mit mir verabreden. Machte er aber nicht, vielleicht hatte er nebenbei auf mein Profil geklickt und dort etwas gefunden, was ihn abhielt. Die wenigen Fotos von mir waren auch nicht sehr aussagekräftig, im Wintermantel stand ich im Halbdunkel, mehr gab's von mir nicht zu sehen. Dafür wurde ich nicht krank, immerhin.

Die Wochen danach redete ich mir ein, ziemlich beschäftigt zu sein und nur wenig Zeit für andere Dinge zu haben. Im Grunde lief ich davon. Natürlich plagte mich bald mein schlechtes Gewissen, weil ich mich nicht mehr bei Agnes meldete und nachfragte, wie es ihr denn inzwischen ginge. Da surfte ich dann mal zufällig auf ihrer *MySpace*- Seite vorbei. Ich war zuerst erleichtert, denn es hatte sich nicht viel geändert, tausend Partybilder und alle möglichen lachenden Gesichter. Ich war auch auf dem einen oder anderen zu sehen. Doch bei einem Bild traf es mich wie ein Blitz. Ich wusste, dass ich Agnes darauf umarmt hatte, doch was ich jetzt sah, war nur eine seltsame Armhaltung von mir. Als streckte ich den Arm seitlich heraus, winkelte ihn ab, ließ die Hand dazu lasch herabhängen. Von Agnes keine Spur mehr, nur noch der Hintergrund von dem Partykeller, in dem wir diese Aufnahme gemacht hatten. Nirgends in ihrem Account konnte ich sie noch finden, auch nicht durchsichtig, sie war einfach weg, als hätte es sie nie gegeben. Dazu waren die Felder mit den Charaktereigenschaften, die sie mit so viel Liebe zum Detail stets gepflegt und weiter ausgeschmückt hatte, ihre Hobbys und Vorlieben, leer. Ich suchte bei den *Lokalisten*, *StudiVZ*, bei *Xing* und wie diese Seiten noch alle hießen, fand aber auch dort nichts mehr von ihr, manche Seiten ließen sich noch nicht mal aufrufen. Kein Eintrag unter diesem Namen, sorry.

Noch immer brachte ich es nicht fertig, mich bei ihr zu melden, als fürchtete ich mich davor, selbst angesteckt zu werden. Erst als eine gemeinsame Freundin, Karin, von mir per E-Mail Agnes Telefonnummer wissen wollte, weil sie diese nirgends mehr finden konnte, gab ich mir einen Ruck und nahm mein Handy. Agnes war nicht mehr gespeichert. Auswendig wusste ich ihre Nummer aber nicht. In meinem rosa Adresskalender prangte jetzt ein auffallend heller, leerer Fleck, als hätte ich diese Stelle immer frei gehalten. Was für eine rätselhafte Krankheit, mir gruselte ein wenig. Ich rief die Auskunft an, doch die sagten mir, dass es keinen Eintrag auf ihren Namen gebe. Vielleicht hätte sie ja eine Geheimnummer bekommen.

Ich wusste es besser und fuhr hin, notgedrungen. Das Namensschild neben ihrem Klingelknopf war leer. Konnte sie ausgezogen sein? Sie hatte immer sehr gerne hier gewohnt und nie etwas erwähnt. Ich läutete trotzdem und die Tür wurde mir geöffnet. Als der Lift im dritten Stock hielt und die Türen zur Seite wichen, spürte ich mein Herz in der Brust klopfen. Ich beschloss, mich bei ihr zu entschuldigen.

Agnes erwartete mich im Türrahmen lehnend. Sie wirkte abgemagert, ja um Jahre gealtert und umarmte mich wie ein Ertrinkender ein Stück Treibholz. Ich wollte wissen, wie es ihr geht, aber sie rang nur mit den Tränen. Das Wohnzimmer hatte sie abgedunkelt, als fürchte sie sich vor der ganzen Welt. Überall standen gebrauchte Tassen und Teller herum, es roch nach Essen und allem möglichen anderen. Genau genommen stank es und das passte eigentlich nicht zu ihr. Wir setzten uns, ich hielt mich vorne an der Kante. Als öffneten sich Schleusen, begann sie zu erzählen. Erst schnell und abgehackt, später etwas geordneter und ruhiger. Es war trotzdem schwierig, ihr zu folgen.

Soweit ich es verstand, musste sie bald die Wohnung räumen, weil sie kein Konto mehr hatte und auch kein Einkommen. Ihr Arbeitgeber sah es als unzumutbar an, eine Mitarbeiterin weiter zu beschäftigen, deren Visitenkarten weiß wurden und an die sich kein Kunde mehr erinnern konnte, weil alles auf ihren Namen Gespeicherte verschwand. Agnes war im internationalen Vertrieb von Computerreinigungssprays tätig, da war ein guter, persönlicher Draht zum Kunden natürlich wichtig. Ein Kündigungsschreiben war ihr aber nie zugestellt worden, wohl da sie ihre Adresse nicht mehr ausfindig machen konnten. Auch tauchte sie in keinem Vertrag mehr auf, da war die Firma natürlich im Vorteil. Jetzt ging sie schon lange nicht mehr hin, ihr Hausausweis funktionierte an der automatischen Pforte auch nicht mehr.

«Ich lebe von dem wenigen Bargeld, das ich noch habe», sagte sie. «Kannst du mir etwas borgen?»

«Natürlich», sagte ich und gab ihr zwanzig Euro.

Sie wirkte enttäuscht. «Hast du nicht mehr dabei?»

«Leider nein», log ich, aber wo sollte das noch hinführen? Wenn sie keinen Job mehr hatte, würde sie es ja niemals mehr zurückzahlen können.

«Was ist mit der klinischen Studie?», versuchte ich abzulenken. «Kannst du nicht da ... unterschlüpfen?»

Sie seufzte – nein, eigentlich heulte sie auf. «Abgebrochen», stöhnte sie. «Die Ärzte sagen, es sei sinnlos zu forschen, da alle konkreten Ergebnisse sofort verblassen und verschwinden würden. Nur Allgemeines ließe sich dokumentieren, aber dafür bräuchten sie uns eigentlich nicht. Wahrscheinlich gäbe es diese Krankheit auch schon längere Zeit, nur sei es eben noch keinem gelungen, etwas darüber festzuhalten. Du kannst nichts aufschreiben, verstehst du? Die Krankheit verhindert das. Und mündlich ist nicht wissenschaftlich, das reizt keinen.»

«Verstehe.»

Sie drückte mir eine Illustrierte in die Hand, einen Stift dazu. «Schreib meinen Namen!», rief sie. «Los, mach.»

Es blieb mir nichts anderes übrig, als ihr den Wunsch zu erfüllen. Ich schrieb Agnes Stadelgruber in großer geschwungener Schrift an den Rand auf eine freie Stelle. Nichts passierte. «Na, ist doch wunderbar», sagte ich.

«Fünfzig Minuten», sagte sie düster. «Ich bin jetzt schon bei fünfzig lausigen Minuten. Dann setzt bereits sichtbar der Degenerationsprozess ein, der wiederum zwei bis drei Tage anhält, bevor er das klinische Maß einer zu mehr als neunundneunzigprozentigen Tilgungsrate erreicht, sprich: bis mein Name verschwunden ist. In meiner Gruppe gab es welche, die hatten noch ganze Tage und ihr Zustand blieb ziemlich stabil.» Sie machte eine kleine Pause. «Mit Tagen kannst du noch leben. Da kannst du dir noch etwas aufbauen.»

Ich fühlte mich nicht wohl hier im Halbdunkel mit ihr allein. Unsere Freundschaft hatte vor allem aus Weggehen und Shoppen bestanden, wir hatten nie unser ganzes Herz voreinander ausgeschüttet. Das war auch besser so gewesen, dachte ich mir. Sie mit ihren Liebesschwärmereien und ich mit meinem unterdrückten Frust, das wäre nicht lange gut gegangen.

«Wie kann ich helfen?», fragte ich vorsichtig.

Sie sah mich an, als wollte sie mich mit ihrem Blick bannen. «Im Grunde bräuchte ich jemanden, an den ich mich komplett ankoppeln und seine Identität mitbenutzen kann.»

Ich seufzte. «Klingt nach Ehemann ... irgendwie. Im alten Sinne jedenfalls.»

«Ja, vielleicht.»

«Wird schwer zu finden sein.»

Sie fuhr auf und schrie: «Unmöglich!»

Erschöpft winkte sie ab.

Wir waren beide Singles – sie, weil sie sich nicht festlegen wollte, ich, weil ich stets bloß Körbe bekam. Ich kannte auch nur Frauen, die einer dieser beiden Gruppen angehörten.

«Oder eine gute Freundin», sagte sie leise und sehr behutsam.

Ich erschrak regelrecht, sie musste es bemerken. «Wie stellst du dir das denn vor?»

Sie setzte sich neben mich und legte ihre Hand auf meinen Unterarm. «Ich versteh es ja, wenn es dich ängstigt. Doch hab ich keine Wahl. Ich weiß jedenfalls keine.»

«Deine Eltern?»

«Haben sich eine kleine Wohnung in einem Heim gemietet. Dorthin kann ich nicht. Sie dulden auch keine jungen Leute.»

«Es muss doch irgendwo Hilfe geben», sagte ich energisch. «Schließlich bist du versichert.»

«Behörden helfen dir nur, wenn sie eine Akte anlegen können. Jeder Vorgang braucht einen Namen. Verschwindet der, ist auch die Hilfe beendet.»

«Und wenn du jeden Tag einen neuen Antrag stellst?»

«Was bringt das schon?» Sie hielt mir die Hand vors Gesicht und spreizte die Finger. «Fünfzig Minuten, mehr hab ich nicht mehr ...»

Ich wusste keinen Rat. Es war ein Fehler gewesen, hierherzukommen.

«Du darfst mich nicht allein lassen, du bist doch meine Freundin.»

Auf diesen Satz hatte ich gewartet.

«Ich lass dich nicht allein», murmelte ich vor mich hin.

«Ich komm gleich mit dir mit.»

Sie hatte bereits eine Tasche gepackt und in den Flur gestellt.

So zog Agnes zu mir. Ich hatte mir immer einen Partner gewünscht, der ganz eng mit mir verbunden sein sollte, damit er nicht mehr so leicht gehen konnte. Jetzt hatte ich einen, doch sah er weder Brad Pitt ähnlich, noch war es überhaupt ein Mann. Sie zog in mein Schlafzimmer, ich richtete mich auf der Couch im Wohnzimmer ein. Die große Nähe zwischen uns ließ sie mir eher fremder werden, auch war es mir unangenehm, ihr nackt im Bad zu begegnen. Sie war so schön, so perfekt. Auch weil sie wieder aufblühte. Tagsüber war ich nicht da und sie hatte die Wohnung für sich allein. Sie konnte sich keinen Job mehr suchen, da ihr Name auf den Bewerbungsunterlagen verschwand, noch bevor sie der Personalchef in die Hände bekam. Wir experimentierten mit dem Phänomen ihrer Krankheit. Schrieb ich Agnes auf einen Zettel und dachte dabei an sie, war der Zettel bald leer. Schrieb ich *irgendeine Agnes* drauf, änderte sich nichts. Ich fand das ganz amüsant, doch einmal schrie sie mich an, dass sie nicht *irgendeine* wäre und das Recht hätte *jemand* zu sein. Ich verstand sie ja und wir hörten mit den Zettelspielereien auf. Vor Fotos ängstigte sie sich sowieso, da ein verhuschter Heilpraktiker empfahl, die Anzahl und Größe der Bilder von ihr müsse entscheidend reduziert werden, um so den kosmischen Druck auf die Überreizung zu nehmen. Dazu gab er Globuli und wir lachten über ihn, weil er es natürlich nie schaffte, eine Rechnung zu schicken.

Agnes machte bald wie im Fieber Jagd auf ihre Bilder. Im Internet waren ihre persönlichen Seiten längst nicht mehr aufrufbar, doch sie wollte auch alle Bilder und Filme löschen, auf denen statt ihrer nur noch der Hintergrund zu sehen war. Das war schwierig, aber sie hatte auf diese Weise wenigstens eine Beschäftigung. Meine Fotoalben verbrannte sie genau wie ihre und warf auch alle meine persönlichen Bilder weg. Zuerst war ich ihr böse und wollte sie rauswerfen, doch fühlte ich mich sonderbar erleichtert und hegte darum heimlich den Verdacht, selbst auch gefährdet gewesen zu sein, wie sie zu erkranken. Da sprach ich dann nicht mehr davon.

Dumm war nur, dass meine Ersparnisse rasend schnell schrumpften, ich hatte mir einen Partner niemals so teuer vorgestellt. Als sie darüber hinaus auch noch anfing, irgendwelche gutaussehenden Kerle mitzubringen, und ich mir das Gestöhne und Geächze anhören musste, riss mir der Geduldsfaden. Anders als ich schien sie sich an diese Krankheit gewöhnt zu haben. Körperlich fehlte ihr auch nichts. Nur war sie bald auf zwei Minuten herunter. Und es dauerte nur noch eine knappe Stunde, bis alles von ihr und mit ihr Verknüpfte verschwunden war. Sie ahnte sicher, dass es mit uns auf diese Weise nicht mehr lange gutgehen konnte. Eines Tages legte sie vor mir ein Bündel Geldscheine auf den Tisch. Mir klappte der Unterkiefer herunter.

«Woher ist das?»

«Stadtsparkasse, früher war ich dort Kundin. Die Waffe ist eine Schreckschusspistole, laut und sehr realistisch.»

«Dann wissen sie deinen Namen.»

Sie lachte mich aus. «Welchen Namen?», rief sie. «Welchen *gottverdammten* Namen?»

Es wurde die Lösung für all unsere Probleme. Und es war einfach. Sie spazierte in die Banken, ließ sich das Geld geben und verschwand. Die Überwachungskameras zeigten später niemanden, man sah nur, wie der Angestellte Geld auf den Tresen legte und es kurz darauf verschwunden war. Da kamen dann manche wohl in arge Erklärungsnöte. Die mühsam zusammengestammelten Täterbeschreibungen brachten nichts als leere Gesichter ohne Augen, Nase und Mund. Ich denke mal, es gab natürlich Fachleute, die auf eine mediale Dysfunktion des Täters tippten, doch können Medien mit Leuten, die sich in ihnen nicht darstellen lassen, nichts anfangen. Auch Polizeibehörden sind letztlich darauf angewiesen, ihre Computer und Aktenschränke zu füllen. Es ist der Nachweis ihrer Arbeit. Dazu kommt der Schichtdienst. Ein Kollege löst den anderen ab. Was war los? Ich hab's aufgeschrieben.

Es gefiel mir, auf einmal Geld zu haben, viel Geld. Es war angenehm. Wir gingen wieder shoppen wie in alten Zeiten. Nur probierten wir die Fummel nicht nur, sondern kauften sie danach sogar. Unser gehobener Wohlstand war uns anzusehen, selbst ich bekam manchmal ein Lächeln und endlich auch etwas mehr. Erstaunlich viele Männer ließen sich gerne einladen. Ich gab meinen Job auf und wir vereisten, verbrachten Monate auf irgendwelchen warmen Inseln, blieben einfach so lange wir Lust hatten. Um nicht allzu viele Kosten zu haben, mietete stets Agnes die Suiten in den Grandhotels. Wenn wir den Schlüssel erst mal hatten, konnte uns der Rest ziemlich egal sein. Am nächsten Tag wussten sie nicht mehr, ob es tatsächlich vermietet worden war oder nicht, klopften an unsere Tür und Agnes füllte alles noch einmal aus. Dafür bekamen wir meist eine Flasche Champagner für die Unannehmlichkeiten. Spätestens am dritten Tag wechselten wir das Hotel. Sich nicht mehr umdrehen zu müssen, wenn man irgendwo ging, alles einfach hinter sich lassen zu können, war ein tolles Gefühl.

Es wurde eine schöne Zeit, wohl die beste, die wir jemals hatten. Wir ignorierten dabei, dass ihre Krankheit immer weiter fortschritt. Einmal schrieb ich am Strand, während sie schlief, ihren Namen in den Sand, und noch während ich ihn schrieb, löschte er sich aus, verfolgte die entstehenden Linien ein geisterhaftes Nichts, das sie verschwinden ließ. Sie lag neben mir in ihrem entzückenden kleinen Bikini und wurde zum Spuk, obwohl sie doch da war, ich sie anfassen und berühren konnte. Diese Krankheit blieb immer rätselhaft.

Von einem Moment zum anderen war alles vorbei. Sie hatte sich in Manuel verliebt, er stellte jeden Morgen am *Tropical Beach Resort* die Klappstühle auf und war selbst nur ein Reisender, den es durch die Welt trieb. Er war sehr schön, seine Haut straff und von tiefbrauner Bronze. Mich hatte er abblitzen lassen, was mich nicht überraschte. Sie sagte, er sei etwas Besonderes, vor allem war er ein unbeschriebenes Blatt, gerade recht, um ihn passend zu machen für ihr nonmediales Leben. Sie wollte mit ihm fortziehen. Ich geriet in Panik. Wenn mich Agnes verließ, war es mit dem Reisen und Nichtstun vorbei. Ich warf ihr vor, mich nur ausgenutzt zu haben, aber ihre Augen musterten mich kalt. Ich sollte lieber froh sein, meinem kleinen Verliererleben mal für ein Weilchen entkommen zu sein. Ich fragte sie, ob er von ihrer Krankheit wisse, aber sie wich mir nur aus. Sie hatte es ihm also nicht gesagt.

Sie drückte mir ein Bündel Geldscheine in die Hand und ließ mich stehen. Nichts von unserer Freundschaft schien mehr übrig. Da fasste ich spontan einen Plan. Ich ließ ihr eine Nachricht zukommen, in der ich mich als Manuel ausgab und sie bat, ihn an der *Bar Sunny Beach* um 17.00 Uhr zu treffen. Ihm schickte ich gleichzeitig ein Kuvert mit einem Flugticket nach Florida. Er sollte sie dort im *Imperial* treffen, keine Ahnung, ob es ein solches Hotel wirklich gab. Als ich mit Agnes unterschrieb, wartete ich mit klopfendem Herzen, ob der Name verlöschen würde. Er tat es nicht. Meine Lüge war also perfekt.

Von Ferne beobachtete ich Agnes, wie sie später in der Bar auf ihn wartete. Flugzeuge zogen über uns hinweg, in einem davon saß er und sie wusste es nicht. Es war ein perfider Plan, geb ich zu, doch was sie mir angetan hatte nach all der gemeinsamen Zeit, war zu viel gewesen. Also sorgte ich dafür, dass Manuel sie niemals wiederfinden konnte, denn zu ihr führte keine Telefonnummer, keine Adresse, kein einziger Hinweis. Auch ich reiste noch am gleichen Abend ab. Ich war ihr letzter Anker in der Welt gewesen und darum war es auch an mir, sie endgültig in den Mahlstrom des Vergessens zu werfen.

ANDREAS KURZ

DAS VERDAMMTE GLÜCK

Andreas Kurz
Das verdammte Glück
Pointiert bissige Storys

Taschenbuch
12x18 cm, 128 Seiten
3. Auflage erhältlich

ISBN:
978-3-86608-039-3

VK: 9,95 Euro

9 783866 080393

Wenn das Glück auf der Flucht ist, beginnt für uns die Jagdsaison. Jeder will schließlich etwas abhaben. Doch was ist schon Glück? Sicher ist es nicht der romantische Abend mit der Traumfrau, die nur in den Werbepausen eines uralten Spielfilms geküsst werden will. Oder die zweifelhafte Möglichkeit, ausgerechnet von einer Behörde ein besseres Leben geschenkt zu bekommen ...

«Ein großartiges Lesevergnügen!» **madgoth.de**

«Mit 26 toll umgesetzten Ideen macht der Autor sein Publikum glücklich! Virtuos spielt Kurz mit der Sprache, jongliert mit einzelnen Worten oder Redewendungen, die dann die Erzählung pointieren ... und kommt dabei so treffend auf den Punkt, dass einem schier der Atem stockt.» **Orkus**

ANDREAS KURZ

BIS GESTERN WAR ICH HARMLOS

Andreas Kurz
Bis gestern war ich harmlos

Taschenbuch
12x18 cm, 226 Seiten
erschienen Mai 2009

ISBN:
978-3-86608-105-5

VK: 9,95 Euro

9 783866 081055

«Ein Schrebergarten ist ein Hobby, Seidenmalerei und Bergsteigen sind Hobbys, meine Filmerei aber war viel mehr. Es war meine Art, mich der Welt zu stellen. Nämlich mit einer Kamera dazwischen.»

Bobo ist noch jung und naiv, als er von seinen Freunden überredet wird, für deren Pornodreh als Kameramann zu fungieren. Doch von dem alten Haus mit den Wertsachen hätte er ihnen mal besser nichts erzählt, denn jetzt wittern die das schnelle Geld. Bobos Leben gerät aus den Fugen und die Katastrophe scheint unausweichlich ...

«Ich war harmlos. Ich dachte zwar manchmal, gleich verlöre ich die Kontrolle, aber ich wusste, auch danach wäre ich harmlos. Ganz leicht zu bremsen. Ich hätte alles für sie getan ...»

«Legt weg die Mängelexemplare & Feuchtgebiete und lest dieses Buch!» **fm5.at**

«Tragisch-komisches Buch, bei dem einem schon mal das Lachen im Hals stecken bleiben kann. Für Fans von Kultautoren wie Heinz Strunk oder Rocko Schamoni genau das Richtige!» **Brigitte Young Miss bym.de**

«Diese Story strapaziert mit viel Situationskomik die Lachmuskeln!» **Toro**

SONNE WIE WINTER

MATTHIAS B. KRAUSE

Warum Tom eines Morgens plötzlich in den Flieger nach Ust-Kamenogorsk steigt, wissen wir nicht – und er weiß es genauso wenig.
Doch auch ohne die Sprache der Kasachen zu sprechen findet er Freunde: den Kommissar, den Arzt, und natürlich ist da noch Irina. In einem Land, das er nicht versteht, in dem jeder und alles ihm fremd ist, wo die Plattenbauten wie Felsen aus dem Boden ragen, kann Tom endlich freier atmen.

«Jetzt habe ich es kapiert: Es geht nicht um Fortschritt. Es geht nicht um eine Erfahrung. Nein. Es geht in jedem einzelnen Moment einfach nur darum, in genau diesem Moment das Richtige zu tun.»

«Ein literarisches Roadmovie und nihilistischer Bildungsroman.»

«Dieses Buch spielt mit der Langsamkeit und dem Nichts, als seien es Teile des Heiligen Grals. Ergreifend und doch fremd.»

Matthias B. Krause
Sonne wie Winter
Von einem der wegging

Taschenbuch
12 x 18 cm, 176 Seiten
erschienen Sep. 2009

ISBN:
978-3-86608-117-8

VK: 9,95 Euro

9 783866 081178

EIN WENIG STERBEN

STEFAN KALBERS

«Moral war ein Begriff aus einem vergangenen Jahrtausend. Was man haben wollte, musste man sich holen. Und wer bitte sollte entscheiden, was ‹genug› bedeutet? Verlass dich auf andere und du bist verlassen. Ich habe gehandelt. Meine innere Stimme schäumte einen wahnsinnigen Monolog vor sich hin, aber das Flüstern im Hinterkopf wurde lauter: Es geht alles. Man darf sich dabei nur nicht erwischen lassen.»

Georg ist erfolgreicher Versicherungsmakler. Er verkauft den Menschen Sicherheit. Doch der Selbstmordversuch seines Freundes Flammer wirft ihn selbst aus der Bahn. Die Suche nach dem Grund für den Selbstmordversuch wird für Georg eine Reise zurück in die gemeinsame Jugend. Als er erfährt, dass Flammers Freundin verschwunden ist, wird die Suche nach Antworten ganz schnell zur Suche nach Leben.

«Ein schnelles, packendes Werk, trotzdem treffsicher!» **KinKats**

«Die literarische Wundertüte Stefan Kalbers.» **suite101.de**

«Unerwartete, spannende Wendungen.» **literaturzeitschrift.de**

Stefan Kalbers
Ein wenig sterben
Der Abstieg zum Selbst

Taschenbuch
12 x 18 cm, 176 Seiten
erschienen Aug. 2009

ISBN:
978-3-86608-118-5

VK: 9,95 Euro

9 783866 081185

JANA KRIVANEK

NACHBAR GÜNSTIG ABZUGEBEN

Jana Krivanek
Nachbar günstig abzugeben

Taschenbuch
12x18 cm, 208 Seiten
erschienen Mai 2009

ISBN:
978-3-86608-106-2

VK: 9,95 Euro

Verschlafen, verkatert und verzweifelt – sogar für Maries Verhältnisse ein nicht ganz gewöhnlicher Mittwochmorgen. Sie hatte letzte Nacht offensichtlich Sex mit ihrem Nachbarn – versehentlich, versteht sich!
Wie erklärt sie das bloß ihrem Freund? Und wie geht sie jetzt am besten dem verdammten Nachbarn aus dem Weg? Auf ihre eigene Marie-Art eben. Und schon überschlagen sich die Ereignisse ...

«Herrlich unterhaltsam!» **Bonner Express**

«Chick Lit mit Herz und Schnauze, voll ins Schwarze [...] ein gefühlvoller und köstlicher Lesespaß!» **Love Letter Magazine**

«Witzig und heiter, ein unterhaltsamer Schmöker.» **EKZ Bibliotheksservice**

MORNÉ MIRASTELLE

KOPFSTEINPFLASTER

Morné Mirastelle
Kopfsteinpflaster
Rächt die Ruinen ...

Taschenbuch
12x18 cm, 128 Seiten
erschienen Okt. 2009

ISBN:
978-3-86608-119-2

VK: 9,95 Euro

«Also, am peinlichsten ist mir das ja, wenn Besuch da ist, verstehen Sie, sonst bin ich da ja nicht so, aber, also, wie sie Witze erzählt, das ist direktgehend beschämend, und nie kriegt sie die Pointe richtig hin, also, verstehen Sie, was ist denn ein Witz ohne Pointe, ich meine, das ist doch dann kein Witz mehr ...! Das – Verzeihung! –, das versaut doch nun wirklich alles.»

Morné ist ein Chamäleon der Sprache, und sie ist immer auf der Suche nach dem nächsten Wort. Ist sie der unterbezahlte Berufsrevolutionär oder versucht sie lediglich, die Zeit zwischen dem zweiten Kaffee und der ersten Zigarette des Tages zu überbrücken?

«Ein Debüt das seinesgleichen sucht. Ein Gewinn für jedes Nachdenker- und Gesellschaftskritiker-Bücherregal.» **literatopia.de**

«Morné Mirastelle bezaubert im gleichen Maße, wie sie den Leser erstaunt.» **monstersandcritics.de**